Emily Bold

Verlorene Träume

Band 3 der Windham-Reihe

AF140720

Verlorene Träume

Ein unheimlicher Spuk in Donovan Castle droht für Rose Weston, die nach einem Gedächtnisverlust für eine einfache Magd gehalten wird, zur tödlichen Gefahr zu werden.

Bei der Suche nach ihrer Erinnerung und ihren verlorenen Träumen erwachen nie gekannte Gefühle in ihr, denn nur Alexander Hatfield, der gefürchtete Söldner des Königs, scheint in der Lage zu sein, Rose zu beschützen und das Rätsel um Donovan Castle aufzuklären.

Doch Alex' Dienste haben ihren Preis …

Autorin

Emily Bold lebt mit ihrer Familie in einem idyllischen Ort in Bayern mit Blick auf Wald und Wiesen - äußerst ruhig und inspirierend. Sie schreibt Liebesromane, Paranormal Romance und Jugendbücher.

Titel von Emily Bold

Klang der Gezeiten
Ein Kuss in den Highlands

Der Sehnsucht wildes Herz
Gefährliche Intrigen
Mitternachtsfalke
Blacksoul - In den Armen des Piraten

Vergessene Küsse
Verborgene Tränen
Verlorene Träume

Vanoras Fluch (The Curse 1)
Im Schatten der Schwestern (The Curse 2)
Das Vermächtnis (The Curse 3)

The Darkest Red: Aus Nebel geboren
The Darkest Red: Von Flammen verzehrt
The Darkest Red: Im Dunkel verborgen

Emily Bold

Verlorene
TRÄUME

BAND 3 DER WINDHAM - REIHE

http://emilybold.de

Herstellung und Verlag:
BoD – Books on Demand, Norderstedt

ISBN 978-3-7386-0508-2

Kapitel 1

Rose Weston stampfte wütend mit dem Fuß auf. Ihr Gesicht war rot vor Ärger und ihre Augen gefährlich zusammengekniffen. Die Schimpftriade ihres Vaters hatte gerade ihren Höhepunkt erreicht, aber Rose war nicht gewillt, sich seiner Kritik zu beugen.

Ihre Stimme war selbst durch die schwere Mahagonitür des Arbeitszimmers im ganzen Haus zu vernehmen. Nicht einmal die dicken Teppiche und die mit Seide bespannte Wandvertäfelung vermochten es, etwas von der Lautstärke zu schlucken.

„Kein Mensch bekommt mich zu Gesicht, darum ist es doch unwichtig, wie ich gekleidet bin, Vater! Ich gehe ja so nicht auf die Straße", verteidigte sie sich.

„Gott bewahre, Rose, dass ich das erleben muss! Es war ein großer Fehler, dich auf die Reise nach Italien mitzunehmen. Du hast sämtliche Regeln des Anstands verlernt und noch nicht begriffen, dass wir uns wieder auf noblem englischen Parkett bewegen."

„Pah!"

„Selbst deine Mitgift würde die Männer nicht locken, wenn sie dich so sehen könnten!"

Rose strich sich das schwarze Haar zurück auf den Rücken und sah an sich hinab. In Italien hatte sie sich in die leinenfarbene Tunika mit den goldenen Schnallen am

Gürtel, die ihren schlanken Körper so angenehm luftig umfloss, regelrecht verliebt. Und niemand hatte sich daran gestört. Und nur, weil sie jetzt wieder in England war, sollte sie in der biederen englischen Mode ersticken? Die Hitze der letzten Tage war in den eng geschnürten Kleidern nicht zu ertragen, darum würde sie sich von ihrer lieb gewonnenen Tunika nicht so einfach trennen.

„Da bin ich ja beruhigt, Vater! Denn ich habe nicht die Absicht, einen Mann zu wählen, der sich von meiner Mitgift locken lässt."

Dorian Weston, der Earl of Windham, sandte ein Stoßgebet zum Himmel, ehe er kopfschüttelnd seine Tochter ansah. Sie war eine Schönheit, selbst in diesem Stück Stoff, das wie ein Lumpen an ihr hing, aber er fürchtete um ihren guten Ruf. In welche Richtung die Gedanken der Männer gehen mochten, wenn sie sie in dieser Aufmachung zu Gesicht bekämen, konnte er sich nur zu gut vorstellen.

„Rose, Liebes, du warst schon immer furchtbar eigensinnig. Und die Reise hat dein wildes Naturell nur gefördert. Aber ich bin selbst schuld daran. Ich hätte dich längst verheiraten sollen."

Rose nickte.

„Richtig, Vater, das hättest du tun sollen! Ist es nicht genau das, worum ich dich in Italien bat? Und bitte, korrigiere mich, wenn ich falsch liege – hast du nicht alle Hebel in Bewegung gesetzt, um mir diesen Wunsch zu verwehren und mein Herz zu brechen?"

Dorian schlug mit der Faust auf den Tisch, aber Rose schob nur schmollend ihre Unterlippe nach vorne.

„Schluss jetzt! Du weißt sehr genau, dass ich dir noch nie einen deiner Wünsche verwehrt habe, aber dieser erfolglose Hungerleider war kein Mann für dich! Ein Poet! Rose, deine

Mutter würde sich im Grabe umdrehen, wenn ich zuließe, dass du dich an einen Dichter verschwendest!"

Rose ballte ihre Hände zu Fäusten, ihre verkniffenen Lippen waren blutleer, als ihr Vater in ruhigerem Ton fortfuhr: „Nein. Du brauchst einen Mann, der dich führen und lenken kann. Der stark genug ist, mit deinem Hitzkopf fertig zu werden, und der dein Temperament zügeln kann. Und bei allem, was mir heilig ist, Rose, ich werde dir so einen Mann suchen!"

„Unfug! So einen Mann gibt es nicht! Außerdem lasse ich mich sicher nicht von dir an irgendeinen Kerl verschachern!"

„Kind, du wirst tun, was ich sage! In den letzten Jahren hast du viel zu oft deinen Kopf durchgesetzt, das hat nun ein Ende! Und nun geh und kleide dich ordentlich. Warum ziehst du nicht das rote Kleid an, welches erst gestern fertig wurde? Rot ist die Farbe der Saison!", erinnerte er sie an die Worte der Schneiderin, was jedoch auf Rose keinen Eindruck machte. Sie hatte die Hände zu Fäusten geballt und schmollte.

„Rose Weston! Geh jetzt! Ich dulde keinen Widerspruch! Dein Bruder Devlin kann jeden Moment mit Lord Bosworth hier eintreffen."

Der Blick, mit dem seine achtzehnjährige Tochter ihn bedachte, ehe sie schmollend aus dem Zimmer rannte, verhieß nichts Gutes. Dorian wusste, für Rose war ein Kampf erst beendet, wenn sie ihren Kopf durchgesetzt hatte.

Kapitel 2

*D*er Schweiß rann Alex durch sein dichtes, dunkelblondes Haar in den Kragen, als er endlich die in der Mittagshitze flirrende Straße, die aus London hinausführte, hinter sich ließ. Das Hemd klebte ihm unangenehm am Rücken, und er hoffte, die nächsten Meilen durch den Wald würden angenehmer zu ertragen sein. Sein Pferd schnaubte, als könne es ebenfalls nicht erwarten, in den verheißungsvollen Schatten zu kommen. Alex schirmte mit der Hand seine Augen gegen die Sonne ab und wandte sich im Sattel um. Er hatte seinen Tross mit dem Personal und dem Werkzeug für Donovan Castle weit hinter sich gelassen. Es würde Tage kosten, ehe sie in diesem Tempo Bristol erreichten, fürchtete er. Dabei würde er sich am liebsten sofort seiner Aufgabe widmen. Es kam nicht oft vor, dass ihn ein Befehl auch reizte – ja, ihm vielleicht sogar Spaß machte, aber hier ging es um ein Geheimnis, welches es zu lösen galt, und das weckte sein Interesse.

Er, Alexander Hatfield, sollte die *merkwürdigen Geschehnisse* in Donovan Castle untersuchen, so der Befehl des Königs, denn seit dieser im Jahr zuvor das großzügige, einer Festung gleichkommende Castle des spanischen Seefahrers Enrico Donovan konfisziert und zu königlichem Besitz erklärt hatte, geschahen dort unerklärliche Dinge. Der König hatte vor, das Castle, welches oberhalb des Hafens von Bristol thronte, zu renovieren und zu seiner neuen

Sommerresidenz zu machen. Aber die Bauarbeiten wurden immer wieder unterbrochen, da sich unter den Arbeitern inzwischen das Gerücht verbreitet hatte, es spuke dort. Zuletzt hatte sogar ein Feuer die Männer vertrieben.

Alex schüttelte bei diesem Gedanken ungläubig den Kopf. Hatte der König nur Narren und Feiglinge in seinen Diensten? Als würde ein Mann mit Verstand an Geister glauben! Nein, Donovan Castle barg ein Geheimnis; ein Rätsel, welches er lösen würde, um sich vom König reich dafür belohnen zu lassen.

Die Wagen waren inzwischen nähergekommen. Alex schnalzte mit der Zunge, und sein Pferd trabte in den Wald hinein. Sogleich umfing sie eine angenehme feuchte Kühle. Erleichtert atmete Alex die moosige Luft ein und krempelte die Ärmel seines Hemdes bis über die Ellbogen hinauf. Solche Sommer waren in England selten, und er wünschte sich fast einen kleinen Regenschauer herbei, um den Straßenstaub aus seinem Gesicht zu waschen. Er nahm einen Schluck aus der Wasserflasche, die an seinem Sattel hing, und setzte in gemächlichem Tempo seinen Weg fort. Hier zwischen den dunklen Tannen herrschte wohltuende Stille. Eine Stille, die man in London vergeblich suchte. Wann immer er in der Stadt war, genoss er die Ausschweifungen des Königshofs. Als einem der wichtigsten Männer Seiner Majestät standen ihm alle Türen offen, und selbst die schönsten Frauen wagten es nicht, ihn zurückzuweisen, auch wenn er nicht in diese Gesellschaft hineingeboren war. Selbst Blythe, seine Geliebte, hatte ihn zu Beginn gefürchtet und sich wohl nur auf Befehl des Königs mit ihm eingelassen, auch wenn sie inzwischen die Vorteile ihres Arrangements durchaus erkannte. Alexanders Reichtum kam ihr ebenfalls zugute, und im Bett hatte sie nie einen Grund zur Klage gehabt, erinnerte sich Alex an ihre erste gemeinsame Nacht. Ihre Furcht vor ihm und seinem Ruf hatte sich unter seinen erfahrenen Händen schnell zerstreut.

Alex dachte an die nächste Zeit, in der er in Bristol auf diese Art von lustvoller Zerstreuung wohl verzichten musste, denn Blythe hatte dankend abgelehnt, als er sie bat, ihn zu begleiten. Sie erklärte ihm, sie würde in einem Haus, in dem es angeblich spukte, nachts kein Auge zutun.

Aber sie bereitete ihm einen befriedigenden Abschied. Er schmunzelte, als er an die letzte Nacht zurückdachte. An Blythe, ihre süßen Schreie der Lust und ihr heiseres Keuchen, als er sie mit jedem seiner Stöße wieder und wieder zur Ekstase geführt hatte.

Kapitel 3

Leichtfertig jagte Rose im gestreckten Galopp über den unebenen Weg. Die Bäume flogen nur so an ihr vorbei, und ihre nackten Beine klammerten sich an den Leib des Pferdes, während der Stoff ihrer Tunika wie ein Banner hinter ihr her wehte. Ohne nachzudenken, war sie nach dem Streit aus dem Arbeitszimmer gestürmt und hatte, als sie das Pferd ihres Bruders Dean im Hof hatte stehen sehen, kurzerhand beschlossen, genau das zu tun, was ihr Vater von ihr verlangte: zu gehen. Sollte er doch zur Abwechslung ihre beiden Brüder tyrannisieren!

Der Ritt ließ ihre Wut langsam verrauchen, und Rose gratulierte sich selbst zu dieser guten Entscheidung. Sie hatte nicht vorgehabt, so weit zu reiten, aber der Gedanke, wie besorgt ihr Vater sein würde, wenn sie bis zum Abend fortbliebe, war einfach zu verlockend.

Gekonnt setzte sie über Baumstämme und aus der Erde ragende Wurzeln hinweg und genoss das Gefühl, den kraftvollen Pferdeleib zwischen ihren bloßen Schenkeln zu spüren. Rose wusste, dass ihre unbeschwerte Zeit vorbei war, aber tief in ihrem Herzen wollte sie dies nicht wahrhaben. Sie hatte Angst, die Rückkehr nach London bedeute das Ende ihrer Freiheit und sie sah sich schon in einer lieblosen, arrangierten Ehe enden.

Diese Flucht vor ihrem Vater war – und das wusste Rose nur zu genau – ein letztes, wenig hilfreiches Aufbegehren gegen die Regeln der vornehmen Gesellschaft, zu der sie nun wieder gehörte. Ein schwacher Versuch, dieses unbeschreibliche Gefühl der Freiheit zu bewahren. Und sei es auch nur für diese kurze Zeit auf dem Rücken des Pferdes.

Sie presste ihre Ferse in die Flanke des Tieres, um es noch weiter anzutreiben. Der Wind riss an ihrem Haar und erinnerte sie an die salzige Meeresbrise in Italien. Vielleicht hatte ihr Wunsch nach Freiheit und Selbstbestimmung sie zu Lorenzo geführt, überlegte sie. Lorenzo, der Zauberer der Worte, der Dichter ihres Herzens, der Mann, der ihr die Welt auf eine ganz neue Art gezeigt hatte. Seine Muse nannte er sie, als er einen romantischen Vers nach dem anderen verfasste, nur, um die Seiten von der Mauer der Casa Moretti, welche direkt in die Klippen gebaut war, ins Meer hinabgleiten zu lassen. Der schlanke, feingliedrige Lorenzo, dessen verklärter Blick Rose immer glauben ließ, er lebe in einer eigenen Welt – einer Welt, in der es nur Schönheit und Liebe gab –, schrieb sich mit seiner Feder in ihr Herz. Sie konnte sich keinen passenderen Mann als ihn vorstellen, denn es lag nicht in seiner Natur, jemandem seinen Willen aufzudrängen, seine Meinung durchzusetzen oder gar jemandes Freiheit zu beschneiden.

Aber als sie ihrem Vater von ihrer Absicht, Lorenzo zu heiraten, berichtete, hatte er sich schlicht geweigert, ihren Wünschen entgegenzukommen und sie stattdessen direkt zurück nach England geschleppt.

Sie kam sich vor, als sei sie einem wunderbaren Traum entrissen worden – nur ihr Herz war nicht mit ihr erwacht. Es war noch immer in Italien und hoffte auf Lorenzos Liebe.

Aber gab es für sie überhaupt eine Möglichkeit auf wahre Liebe? Eine Chance auf Glück? Oder stand dem die alte Familienlegende im Weg?

Danach konnten die Windham-Männer nicht lieben, die Windham-Frauen hingegen liebten angeblich so sehr, dass sie daran zugrunde gingen. Seit Generationen haftete ihrer Familie diese Geschichte an. Sollte dies nun auch ihr Schicksal sein?

Die Hochzeit ihres Bruders Devlin mit der Witwe Danielle Langston vor wenigen Tagen war demnach ein Wunder und stand in einem schönen Widerspruch zu dieser Geschichte, aufgrund der Devlin eigentlich nie hatte heiraten wollen. Alle waren überzeugt, dass erst der Fund eines magischen Gemäldes ihm das Glück beschert hatte.

Und vielleicht, so überlegte Rose, irrten alle, die an diese alten Mysterien glaubten, denn auch ihr Bruder Dean hatte im letzten Jahr sein Herz verschenkt. Auch wenn bei Amelie und ihm zuerst alles danach aussah, als würde ihre Geschichte dem Ruf der Legende gerecht werden.

War es also an ihr, den Fluch der Windhams zu spüren?

Sie schloss die Augen, um die Tränen zurückzudrängen, als ein harter Schlag sie aus dem Sattel riss.

Schmerz.

Es gab nichts außer diesem erstickenden Gefühl.

Minuten vergingen, ehe Rose die Kraft aufbrachte, die Augen zu öffnen. Die raue Rinde und saftiges Moos am Fuß eines Baumstammes waren alles, was sie erkennen konnte. Jeder Atemzug verursachte ihr Schmerzen. Warum war das so? Sie versuchte, sich daran zu erinnern, was geschehen war, aber der pochende Schmerz über ihrem Ohr verhinderte jeden klaren Gedanken. Ameisen wanderten den Stamm hinauf, und Rose blinzelte. Sie wollte sich bewegen, aber ihr Körper verweigerte ihr den Dienst. Sie wusste, sie müsste eigentlich Angst haben, aber selbst dafür war sie zu schwach. Eine einzelne Träne rann über ihre Wange. Müde schloss Rose die Augen.

Eine ganze Zeit später drang das Rascheln von Blättern in ihr Bewusstsein. Der Baumstamm war noch immer da, und irgendwie fand Rose das tröstlich. Wieder raschelte es, und sie bewegte leicht den Kopf, um sich umzusehen. Sie zuckte schon bei der ersten Bewegung zusammen, aber, als es ihr tatsächlich gelang, sich ein wenig aufzusetzen, hätte sie am liebsten gejubelt. Zwar drehte sich die Welt um sie herum, aber wenigstens konnte sie die erschrockene Maus ausmachen, die schon im nächsten Moment in einem Erdloch verschwand.

Wo zum Teufel war sie? Und was war passiert? Sie sah an sich hinab. Nichts von dem, was sie sah, half ihrer Erinnerung auf die Sprünge. Der schmutzige Leinenstoff ihres Gewandes hing in Fetzen von ihrer Schulter, und sie hatte nur einen Schuh an. Blut sickerte aus einem Schnitt an ihrem Knie, und die Haut ihres Oberschenkels war mit getrocknetem Blut verkrustet. Vorsichtig tastete sie ihre Rippen ab, die ihr bei jedem Atemzug die Brust einzudrücken schienen. Ihre Arme waren ebenso wie die Beine mit Kratzern übersät, aber das Blut, welches ihr Oberteil dunkel gefärbt hatte, musste aus der Wunde über ihrem Ohr gekommen sein. Vorsichtig befühlte sie die dicke Beule an ihrem Kopf. Bei jeder Berührung schoss der Schmerz heiß durch ihren Körper, und schließlich gab Rose ihre Bestandsaufnahme keuchend auf.

Sie war am Leben, das war alles, was zählte.

Nun musste sie nur wieder auf die Beine kommen und nach Hause …

Nach Hause? Sie kniff in dem Versuch, sich zu erinnern, die Augen zusammen und rieb sich die Schläfe. Wenn sie doch nur eine Ahnung hätte, was genau *zu Hause* bedeutete. Wo kam sie her? Wo musste sie hin? Sie sah sich um. Der Wald war still, und sie war umgeben von Bäumen, Farnen und von Moos überwachsenen Steinen. Ihr kam nichts davon vertraut vor. Langsam wich ihre aus dem übermächtigen Schmerz geborene, tiefe Ruhe einer aufkeimenden Panik. Sie kämpfte sich mühsam auf die Beine hoch und lehnte sich erschöpft gegen den Baumstamm. Sie wankte, als sie die ersten Schritte tat, und ihr brach vor Anstrengung der Schweiß aus, als sie sich nach einer gefühlten Ewigkeit zurück auf den Weg geschleppt hatte. In welche Richtung sollte sie sich nun wenden? Wo sollte sie hin? Sie presste sich den Arm auf die schmerzenden Rippen, als sie in der Erkenntnis, dass sie weder wusste, wer sie war, noch, was sie tun sollte, nach Luft schnappte. Zitternd sank sie auf die Knie und tat etwas, von dem sie überzeugt war, dass es nicht ihre Art war, das zu tun: Sie weinte.

Sie hatte ihn tief in sich aufgenommen, hob sich ihm bei jeder Bewegung entgegen und klammerte ihre Schenkel um seine Hüften. Ihre Brüste wogten im harten Takt seiner Stöße, und ihr zuckender Leib peitschte Alex seinem eigenen Vergnügen entgegen. Ihr raues Stöhnen verwandelte ihn in ein Tier.

Der Schweiß zwischen ihren Brüsten glänzte im Licht der Kerzen, als er ihre aufgerichteten Spitzen zwischen seine Zähne nahm. Blythes lustvolle Schreie waren wie Musik, und ihre Fingernägel in seinem Rücken trieben ihn an seine Grenze. Doch etwas stimmte nicht. Ihr

Keuchen veränderte sich … und schließlich riss dieses neue Geräusch Alex aus seiner erotischen Fantasie.

Er runzelte die Stirn, um sicherzugehen, dass ihm seine Sinne keinen Streich spielten, als er auch schon die Frau vor sich auf dem Weg kauern sah.

Schnell schwang er sich aus dem Sattel und eilte zu ihr.

Sie zitterte am ganzen Leib, und ihr nachtschwarzes Haar sowie die Überreste ihres Gewandes waren schmutzig und mit Blättern übersät. Als er ihr Gesicht anhob, zuckte sie unter seiner Berührung zusammen.

„Ganz ruhig, ich tue dir nichts. Sag mir, Mädchen, wer hat dir das angetan?" Unwillkürlich wanderte sein Blick zu ihren zerkratzten Schenkeln, und er fragte sich, ob sie schlicht überfallen oder gar geschändet worden war. Aber, was auch immer man ihr angetan hatte, sie war in einem üblen Zustand und brauchte dringend Hilfe. Ihr fragender Blick heftete sich an seine Lippen, als könne er ihr eine Antwort auf das geben, was ihr widerfahren sein musste.

Vorsichtig strich er ihr eine Strähne von der blutverkrusteten Wange.

„Sprich mit mir. Sag mir, wer du bist und was dir passiert ist. Waren das Männer? Sind sie hier noch irgendwo?"

Rose wich ein Stück zurück. Sie wusste keine Antwort. Wer war sie? Was war mit ihr geschehen? Warum war sie verletzt? So sehr sie sich auch bemühte, in ihrem Kopf blieb es dunkel. Wieder erlangte ihre Angst die Oberhand, und sie klammerte sich an den rettenden Arm des Mannes vor ihr und suchte Hilfe in seinen bernsteinfarbenen Augen.

„Ich … ich weiß es nicht, bitte … helft mir", flehte sie. Geräusche drangen an ihr Ohr, aber sie brachte nicht die Kraft auf, an dem Mann vorbeizusehen. Sie hörte

Kutschenräder, Pferdehufe und die Stimmen von Menschen, aber nichts davon ergab ein Bild in ihrem Kopf. Es gab nur das Gesicht ihres Retters. Sein Blick war wie ein Anker in stürmischer See, und seine Stimme streichelte ihre Seele.

„Keine Sorge, Mädchen. Du bist in Sicherheit."

Damit hob er sie an seine starke Brust und schenkte ihr ein beruhigendes Lächeln. Er würde sie retten. Sein Blick versprach ihr dies, ehe der Schmerz in ihrem Kopf explodierte und sie wieder in den Schlund der Dunkelheit riss.

„Macht Platz auf dem Karren!", rief Alex.

Besorgt bettete er die junge Frau auf dem ersten der Wagen und bedeutete Lorna, einer der Frauen aus dem Tross, zu ihm zu kommen.

„Sie muss überfallen worden sein. Kümmere dich um sie, bis wir im nächsten Dorf fragen können, wer sie ist. Da sie allein ist, muss sie aus der näheren Umgebung stammen, oder dort zumindest bekannt sein. Sie hat eine Platzwunde am Kopf, die mir Sorge bereitet. Lass sie nicht aus den Augen und rufe mich, wenn sie zu sich kommt."

Lorna nickte, und Alex sah, dass sie sich nichts sehnlicher wünschte, als seiner Gegenwart zu entkommen. Sie fürchtete ihn – und war damit nicht allein. Selbst Männer gingen ihm nur zu gerne aus dem Weg. Er wusste, dass man ihn hinter seinem Rücken *den Bluthund* nannte. Der König hatte ihm diesen Namen gegeben, damit man seinem Krieger Respekt zollen würde, schon ohne ihm je begegnet zu sein. Das störte ihn für gewöhnlich nicht, denn so hielt Alex sich die lästige Gesellschaft vom Leib, aber, wenn sein Ruf die Magd so ängstigte, dass sie keinem seiner Befehle Folge leisten konnte, sah das schon anders aus. Mit einem mürrischen Schnauben überließ er die junge Frau den hoffentlich fähigen Händen der Magd und ging zurück zu seinem Pferd.

Als er sich in den Sattel schwang, blendete ihn die inzwischen tief stehende Sonne durch die Stämme der Bäume hindurch, und er ärgerte sich, dass er schon wieder Zeit verloren hatte. So sehr ihm die Verwundete auch leidtat, er hatte einen weiten Weg vor sich und keine Zeit zu verlieren. Alex stellte sich im Steigbügel auf und rief seine Leute über die Schulter zur Eile. Die Wagenräder ächzten, als sich der Tross wieder in Bewegung setzte, und mit einem letzten Blick auf die reglose Gestalt ritt er voraus.

Die Nacht war schon hereingebrochen, als Alex schließlich den Befehl gab, die Wagen in der Scheune eines am Weg gelegenen Gasthofs unterzustellen. Seine Männer taten die letzten Handgriffe, und Alex trat in die Wirtsstube. Er ließ seinen Leuten Bier und kalten Braten bringen und erkundigte sich – wie schon in jedem anderen Ort, den sie heute durchquert hatten – ob jemand das immer noch bewusstlose Mädchen kannte.

„Nein, Mylord. Sie kann keine von uns sein. Wir wüssten, wenn jemand aus Lettington so eine weite Reise unternommen hätte."

Ratlos fuhr sich Alex durchs verschwitzte Haar. Ein Tagesritt war für die Landbevölkerung tatsächlich so etwas wie eine weite Reise und sehr beschwerlich. Er zweifelte nicht daran, dass seine Chance, jemanden zu finden, der die junge Frau kannte, von Meile zu Meile geringer wurde. Aber was sollte er dann mit ihr tun? Einen letzten Versuch unternehmend, kehrte er zurück in die Scheune, wo die Mägde und Knechte bei den Wagen Quartier bezogen hatten. Als er eintrat, verstummte das allgemeine Geplauder, und Lorna eilte mit gesenktem Kopf an seine Seite. Sie knetete ihre graue Schürze zwischen ihren Fingern und wagte es kaum, seinem Blick zu begegnen.

„Wie geht es ihr?", erkundigte sich Alex und trat an den Wagen, auf dem das Mädchen noch immer lag.

„Guten Abend, Mylord. Sie ist noch nicht wieder zu sich gekommen. Bis auf die Kopfwunde scheint sie in guter Verfassung. Die Kratzer werden heilen und die Blutergüsse wieder verschwinden, aber sie kommt einfach nicht zu sich, Mylord! Sie murmelt unverständliches Zeug, und, als ich versucht habe, ihr einen sauberen Kittel anzuziehen, hat sie wild um sich geschlagen und es nicht zugelassen."

Alex betrachtete das blasse Gesicht mit den langen schwarzen Wimpern vor sich, während er Lornas Ausführungen lauschte. Das Gesicht des Mädchens war markant zu nennen. Die gerade Nase, das eckige Kinn und die in perfekten Bögen gewachsenen Brauen ließen sie selbst in diesem hilflosen Zustand entschlossen wirken. Der Kratzer auf ihrem hohen Wangenknochen verlief bis unter den um den Kopf geschlungenen Leinenverband.

Ihr schwarzes Haar verstärkte noch ihre Blässe und betonte die dunklen Blutergüsse auf ihrer Schulter. Sie war älter, als er auf den ersten Blick gedacht hatte. Sicher noch keine zwanzig, aber doch definitiv kein Kind mehr. Der Rest ihres vermutlich ebenso zugerichteten Körpers war unter einer sauberen Decke verborgen, aber der Ansatz ihrer Brüste, die sich bei jedem ihrer Atemzüge hoben und senkten, war nicht zu übersehen.

„Hat man sie ...", er wagte es nicht, seine Befürchtung auszusprechen, aber sie war viel zu hübsch, als hätten

Räuber sich nicht an ihr vergangen.

„Ich denke nicht, Mylord", versuchte Lorna, dieses unangenehme Thema schnell zu beenden.

„Gut." Und tatsächlich fühlte Alex Erleichterung. „Da keiner die Frau kennt, habe ich beschlossen, dass sie mit uns kommt. Wir können sie in ihrem Zustand nicht hilflos zurücklassen, und wenn es ihr besser geht, kann sie euch helfen. Wir können in Bristol zwei Hände mehr sicher gut gebrauchen. Ist unsere Aufgabe dort getan, können wir sie wieder mit zurücknehmen."

Lorna nickte gehorsam, aber Alex widmete ihr längst keine Aufmerksamkeit mehr. Sein Blick ruhte auf dem zu erahnenden Brustansatz.

Von solchen Angelegenheiten ließ er sich normalerweise nicht aufhalten. Er wunderte sich ein wenig über seinen Entschluss, das Mädchen – die junge Frau –, berichtigte er sich bei dem Blick auf den schlanken, bereits erblühten Körper, mitzunehmen. Bis Bristol war es noch weit, und er hätte ebenso gut dem Wirt eine Börse mit Geld geben können, damit er sich um die Frau kümmerte. Aber aus einem unerfindlichen Grund war ihm dies nicht genug. Ihr flehender Blick und ihr entschlossener, Hilfe suchender Griff um seinen Arm gingen ihm nicht mehr aus dem Sinn. Vielleicht lag es an ihrer ungekünstelten Schönheit, die sich so sehr von den herausgeputzten Damen der besseren Gesellschaft unterschied, oder daran, dass sie sich in ihrer Ohnmacht so perfekt in seine Arme geschmiegt hatte.

Er kehrte zurück in den Schankraum und versuchte, sich bei einem Humpen Bier auf seine Aufgabe zu besinnen. Des Königs zukünftige Sommerresidenz von Geistern zu befreien, war eine reizvolle, wenn auch merkwürdige Aufgabe. Er glaubte nicht an Geister oder sonstigen Spuk. Da musste etwas anderes dahinterstecken, und er würde am besten schnell herausfinden, was. Denn, ehe er das Anwesen nicht für *spukfrei* erklären konnte, würde Blythe sicher keinen Schritt über die Schwelle – und damit in sein Bett – tun.

Er leerte den Krug, und, als gäbe es doch Geister, die seine Gedanken lenkten, spukte ihm wieder die junge Frau aus dem Wald durch den Kopf.

Kapitel 4

Dorian Weston stemmte seine Arme auf seinen Schreibtisch und funkelte seine Söhne wütend an.

„Wo kann sie nur stecken?", rief er aufgebracht. „Ich werde dieser Göre das Fell über die Ohren ziehen, wenn sie mir in die Finger kommt!"

Dean grinste, denn er wusste, sein Vater hatte dem Nesthäkchen Rose noch nie etwas nachgetragen.

„Das solltest du auch – sie hat mein Pferd gestohlen", unterstützte er dennoch dessen Vorhaben.

Auch Devlin grinste. Er hatte seine Beine lässig von sich gestreckt und zog zwei Zigarren aus seiner Westentasche. Er reichte eine an Dean weiter, während ihr Vater wieder wütend auf und ab ging.

„Will sie dich nur ärgern, oder hältst du es für möglich, dass sie versucht, irgendwie zu diesem Poeten zu gelangen?", murmelte er mit der Zigarre zwischen den Lippen.

Dorian fuhr zu ihnen herum. Alles Blut war aus seinem Gesicht gewichen.

„Was? Das glaube ich nicht! Das würde sie nicht wagen …"

Dean lachte über den erschrockenen Ausdruck in Dorians Gesicht und stand auf. Er klopfte seinem Vater auf die Schulter und bot ihm seinen Sessel an, in den dieser völlig kraftlos sank.

„Sie würde es wagen, Vater, sie würde!" Zur Stärkung der Nerven drückte er Dorian ein Glas Scotch in die Hand, das dieser in einem Zug leerte. „Du weißt, wie es ist, wenn Rose sich etwas in den Kopf gesetzt hat. Sie hat Amelie erzählt, dieser Lorenzo sei so anders als alle anderen Männer, die sie je kennengelernt habe, und sie könne sich kein Leben ohne ihn vorstellen."

„Ich nehme doch an, deine Frau hat versucht, ihr diesen Unsinn auszureden!"

Dean zuckte mit den Schultern. „Ich weiß nicht, ob Amelie geeignet ist, Ratschläge zu erteilen. Wie du weißt, hat sie, um einer Ehe mit Lord Ansley zu entgehen, ihren guten Ruf riskiert und mich durch eine kompromittierende Situation in die Ehefalle gelockt."

Nun war es an Devlin, zu lachen. Er erinnerte sich noch zu gut an Deans Widerwillen seiner *erzwungenen* Braut gegenüber, aber inzwischen hatten die beiden zueinandergefunden, und selbst ein Blinder konnte erkennen, wie sehr sie sich liebten.

Darum ergriff Devlin für seine Schwägerin Partei. „Ihr beide glaubt doch nicht im Ernst, dass es Amelies Rat braucht, um Rose eine Schnapsidee in den Kopf zu setzen. Aber trotzdem sollten wir keine voreiligen Schlüsse ziehen. Selbst für unsere ungestüme Rose dürfte es nicht so einfach sein, ohne Unterstützung nach Italien zu gelangen."

Dorian schüttelte in hilflosem Unglauben den Kopf.

„Sie ist schon immer sehr impulsiv gewesen, aber das … was sollen wir nur tun?"

„Keine Sorge, Vater." Devlin formte einen perfekten Rauchkringel. „Wenn das ihr Plan sein sollte, dann wird sie ein Schiff von Dover nach Calais nehmen. Mein Freund, Logan Torrington, will morgen nach Frankreich aufbrechen. Ich könnte mich ihm anschließen und den

Hafen in Dover nach Rose absuchen."

„Logan Torrington?", hakte Dorian nach, der während der langen Reise durch Europa in gesellschaftlichen Dingen nicht mehr auf dem Laufenden war.

„Du kennst ihn, sein Bruder Aiden ist der Herzog von Dorset. Logan ist gerade dabei, in Ancenice ein Weingut aufzubauen und reist morgen zu diesem Zweck zurück nach Frankreich. Sollten wir Rose in Dover nicht finden, kann Logan sicher seine Kontakte in Frankreich bemühen, die Augen nach ihr offen zu halten."

„Richtig, ich erinnere mich. Gab es nicht diesen Zwist zwischen ihm und seinem Bruder um dessen Frau? Der Name ist mir entfallen, aber ich erinnere mich an das auffällige rote Haar der Lady", grübelte Dorian.

„Wenn du einen guten Rat willst, Vater, dann solltest du in Logans Gegenwart die Sprache lieber nicht auf Lady Roxana bringen. Sie hat ihm das Herz gebrochen."

Dean erhob sich und goss sich einen Scotch nach.

„Kann ja nicht jeder so ein Glück in der Liebe haben wie wir *verfluchten* Windhams", scherzte er, brachte aber mit seinem nächsten Satz das Thema wieder auf seine Schwester. „Vermutlich ist Rose bei einer Freundin untergetaucht und rauscht hier morgen gut gelaunt wieder durch die Tür. Sicher amüsiert es sie, dass wir uns um sie sorgen. Obwohl ich Rose durchaus zutraue, tatsächlich zu diesem Lorenzo zu fliehen, glaube ich vielmehr, sie will uns nur einen gehörigen Schreck einjagen." Er leerte das Glas und strich sich eine Fussel vom Ärmel. „Es ist schon spät, und ich fürchte, heute können wir ohnehin nichts mehr unternehmen."

Devlin erhob sich ebenfalls und klopfte seinem Vater noch einmal aufmunternd auf die Schultern.

„Und ich werde noch einen Abstecher zu *Whites* machen. Vielleicht habe ich Glück und treffe Logan in seinem Club."

Kapitel 5

Donovan Castle

as Blatt Papier in den Händen zitterte, als es zurück auf den Schreibtisch gelegt wurde. In das rote Wachs des Siegels war das Zeichen Seiner Majestät, des Königs von England, gedrückt. Mit diesem Brief – vielmehr dieser Order – war wirklich nicht zu rechnen gewesen.

Hände wurden zu Fäusten geballt.

Sollte all die Mühe umsonst gewesen sein? Niemals! So kurz vor dem Ziel konnte niemand mehr einen Strich durch die Rechnung machen.

Bisher war es nicht nötig gewesen, härtere Geschütze aufzufahren, aber wenn es sich nicht vermeiden ließe, musste eben Gewalt her.

Alexander Hatfield war eine Legende. *Der Bluthund* – wie lächerlich! Nun, der Hund würde bluten, sollte er es wagen, sich in den Weg zu stellen. Und vielleicht würde das dem König zeigen, dass Donovan Castle wirklich von bösen Geistern heimgesucht wurde.

Ein Blick aus dem Arbeitszimmer in den Flur. Eine fast unnötige Vorsichtsmaßnahme, denn das Castle war bis auf eine Handvoll Menschen verlassen. Niemand blieb gerne in einem Haus, in dem es spukte. Wie erwartet, war niemand zu sehen. Der Gang war leer. Die Tür glitt ins Schloss, ehe der versteckte Hebel am Schreibtisch betätigt wurde. Mit einem leisen Scharren verschob sich das Bücherregal und gab den Blick auf einen dunklen Gang frei.

Das Arbeitszimmer war leer, als das Regal an seinen ursprünglichen Platz zurückglitt.

Trotz der Schwärze fanden die Schritte ihren Weg.

Gut, dass der Brief die Ankunft *des Bluthundes* ankündigte, so blieb noch genug Zeit, alles vorzubereiten und die Spuren zu verwischen.

Als Alex die letzte Anhöhe erreichte, fiel sein Blick auf das Schloss, welches er für den König herzurichten hatte. Es erhob sich majestätisch über dem Seehafen von Bristol, und die Nachmittagssonne wärmte den rötlichen Stein. Der König hatte ein gutes Gespür für alte Gemäuer, und Alex sah direkt vor sich, wie prunkvoll hergerichtet er Donovan Castle in wenigen Wochen seiner Majestät würde übergeben können. Nur noch wenige Meter trennten ihn von seiner neuen Herausforderung, und die ersten Pläne nahmen bereits in seinem Kopf Gestalt an.

Schon am Morgen hatte er den Tross hinter sich zurückgelassen, denn er brannte darauf, sich in die Arbeit zu stürzen. Das Geheimnisvolle hatte schon immer einen besonderen Reiz auf ihn ausgeübt, und so war er ganz in seinem Element, als er durch das Falltor in den Innenhof ritt.

„Willkommen, Mylord!"

Ein grauhaariger Bediensteter in einer Livree, die ihre beste Zeit längst hinter sich hatte, verneigte sich vor Alex.

„Du bist über meine Ankunft unterrichtet?", fragte Alex und sah sich auf dem ansonsten reglosen Hof um.

Der Diener nickte.

„Sehr wohl, Mylord. Mister Parker, der Verwalter, hat

mich heute Morgen informiert. Ich bin Griffin, und wenn Ihr etwas braucht, Mylord, lasst es mich wissen."

Alex sah an den Zinnen hinauf. Nirgends regte sich etwas, und diese Stille war für ein Anwesen dieser Größe untypisch – beinahe so, als läge ein Unheil in der Luft.

„Danke, Griffin. Sag mir, warum sehe ich keine Wachen am Tor?"

Griffin zuckte mit den Schultern.

„Weil niemand mehr hier ist, Mylord. Nur Mister Parker, seine Schwester Anna, eine Dienerin, Stallburschen und meine Wenigkeit."

Der König hatte erwähnt, dass sämtliches Personal aus Angst vor Geistern die Flucht ergriffen hatte, aber Alex hatte es für reine Übertreibung gehalten.

„Dann sollen von nun an zwei Stallburschen das Tor bewachen. Und bring mich am besten gleich zu Mister Parker, denn ich möchte so schnell wie möglich damit beginnen, hier für Ordnung zu sorgen."

Das Rascheln von Röcken ließ Alex seinen Blick heben. Eine Frau in einem tiefblauen Kleid mit weißem Spitzenbesatz und ausladenden Röcken schritt die Stufen herunter und reichte ihm ihre behandschuhten Finger zum Kuss. Während sie sprach, musterten ihre Augen Alex kalt.

„Du kannst gehen, Griffin. Ich werde mich um unseren Gast kümmern." Sie wartete, bis sie allein waren, ehe sie weitersprach. „Ich bedaure, Lord Hatfield, aber mein Bruder ist nicht hier. Ihr werdet also mit mir vorliebnehmen müssen." Sie bedeutete dem herbeikommenden Stallburschen, Alex' Pferd fortzuführen, und wandte sich dann in Richtung Halle um. „Mein Name ist Anna."

Alex folgte ihr, wobei er seinen Blick durch die prachtvoll eingerichteten Räume schweifen ließ. Anna führte ihn in einen kleinen Salon, wo eine Tasse Tee davon kündete, dass seine Ankunft sie gestört hatte. Ohne ihm einen Platz anzubieten, setzte sie sich ans Fenster und nahm das feine Porzellan in die Hand.

„Nun, Miss Parker …"

„Sagt mir eines, Lord Hatfield, was lässt Euch – und natürlich auch Seine Majestät – annehmen, Ihr könntet unsere Probleme besser lösen als mein Bruder?", fragte sie spitz und versuchte sich nicht einmal an einem höflichen Ton.

Alex trat ans Fenster. Der Hafen von Bristol lag in der Abendsonne vor ihm, und die Masten der Schiffe hoben und senkten sich mit der Strömung.

„Der König kennt meine Zuverlässigkeit, Miss Parker. Eure *Probleme* – so unlösbar sie Euch auch erscheinen mögen, sind doch nichts weiter als Hirngespinste", erklärte er, ohne seine Betrachtung des Hafens zu unterbrechen. Er hörte, wie die Teetasse abgestellt wurde.

„Wie Ihr meint, Mylord. Wenn Ihr mich nun entschuldigen würdet." Röcke raschelten, als sie sich erhob. Alex wandte sich zu ihr um.

„Eine Frage noch, Miss Parker. Wie kommt es, dass Euer Bruder hier als Verwalter fungiert?"

Anna drückte ihren Rücken durch, ehe sie sich noch einmal zu ihm umdrehte. Es gefiel ihr ganz offensichtlich nicht, dass der König ihr und ihrem Bruder seinen besten Mann vor die Nase gesetzt hatte.

„Ich hatte angenommen, der König hätte Euch besser instruiert. Aber gut, ich erzähle es Euch. Lord Donovan und ich – wir hatten Pläne. Bevor er zu seiner letzten Fahrt aufbrach, bat er meinen Bruder hierher. Er hielt bei ihm um meine Hand an – die Thomas ihm natürlich versprach. Es sollte eine große Hochzeit geben … nun, wie Ihr seht, kam es nicht dazu, aber als Enrico – Lord Donovan – nur einen Tag nach seiner Rückkehr spurlos verschwand …"

Annas Stimme brach, und sie betupfte sich die Tränen schimmernden Augen. „… im Grunde warte ich noch heute auf seine Rückkehr, denn ich will einfach nicht glauben, dass er tot ist. Aber der König glaubt es und hat das Castle zum Eigentum der Krone erklärt. Seither ist mein Bruder nur mehr der Verwalter des Hauses, in dem Enrico unsere Kinder hatte aufwachsen sehen wollen. Es ist kein Wunder, dass sein Geist seit jenem Tag hier umgeht und uns alle in den Wahnsinn treibt", rief sie und eilte dann aus dem Raum. Alex hörte, wie sie die Treppe hinaufrannte, und fuhr sich nachdenklich durchs Haar. Er hätte zu gerne gewusst, wo sich Thomas Parker herumtrieb, auch wenn er annahm, der Verwalter wollte einfach der Tatsache nicht ins Auge sehen, dass er versagt hatte.

Wenn ihm also Mister Parker nicht behilflich sein wollte, dann musste er andere Wege finden, sich mit seiner neuen Aufgabe vertraut zu machen. Eine dunkelhäutige Dienerin kam herein, um die Teetasse abzuräumen, als Alex in die Halle zurückkehrte, um Griffin zu suchen. Ein gewissenhafter Butler hatte seine Augen und Ohren überall – etwas, das Alex durchaus weiterhelfen konnte.

Währenddessen rumpelte die Wagenkolonne noch über die staubigen Straßen. Sie musste das Tempo halten, um noch vor Einbruch der Nacht ebenfalls Donovan Castle zu erreichen.

Als ein Wagenrad in ein großes Schlagloch krachte, stöhnte Rose und fasste sich an den Kopf. Müde öffnete sie das erste Mal seit Tagen die Augen und sah sich um.

Sie lag auf einem harten Untergrund, dem Schaukeln nach wohl ein Wagen. Eine Decke war über sie gebreitet, und zu ihrem Entsetzten stellte sie fest, dass sie darunter unbekleidet war. Schnell presste sie sich den Stoff an die Brust und zog ihn bis zum Hals hinauf. Sie hatte keine Ahnung, wo sie war, aber sie wusste, dass ihr etwas fehlte: Bernstein. Wie kam sie auf Bernstein? Sie rieb sich die Schläfen, aber ihre Gedanken waren wie hinter Nebel verborgen, und nur der warme Glanz von Bernstein flackerte vor ihrem geistigen Auge auf.

„Du bist ja endlich wach", wurde sie von hinten angesprochen.

Rose drehte sich um und war erleichtert, in das freundliche Gesicht einer mütterlich wirkenden Frau zu blicken.

„Ich bin Lorna. Wenn du versprichst, nicht wieder nach mir zu schlagen, kann ich dir helfen, den Kittel anzuziehen", bot diese an und hielt Rose das Kleidungsstück entgegen.

Unsicher betrachtete Rose den Stoff. Irgendetwas störte sie daran, aber sie kam nicht darauf, was es war. „Gehört der mir?", fragte sie, und ihre ausgetrocknete Kehle schmerzte bei jedem Wort.

Lorna zuckte entschuldigend die Schultern. „Dein altes Gewand war nicht mehr zu retten. Aber du kannst dieses haben. Da fällt mir ein, ich kenne noch nicht einmal deinen Namen."

„Ich bin … ich …", Rose kniff die Augen zusammen und überlegte. „… ich … weiß es nicht. Wie kann das sein? Was ist passiert? Wo bin ich?"

Lorna legte ihr beschwichtigend die Hand auf den Rücken.

„Ganz ruhig. Du hast eine schwere Kopfverletzung. Vielleicht bist du deshalb noch etwas verwirrt. Sicher geht es dir bald wieder gut." Sie bedeutete Rose, die Arme anzuheben, damit sie ihr das Gewand überziehen konnte, und runzelte dabei gedankenversunken die Stirn. „Ich könnte eine Reihe von Namen nennen. Möglicherweise erkennst du deinen, wenn du ihn hörst", schlug Lorna vor und zupfte ihr den groben Stoff an den Armen zurecht.

In Ermangelung einer besseren Idee zuckte Rose die Schultern und strich sich den Rock bis über die Waden. Der Kittel kratzte unangenehm auf ihrer Haut, und das wurde auch nicht besser, als Lorna ihr eine graue Schürze umband, ganz ähnlich der, welche die Magd selbst trug. Ein schlammfarbenes Schultertuch vervollständigte ihre Aufmachung. Rose wusste nicht, was sie sagen sollte. Die fehlende Erinnerung machte ihr zu schaffen, und sie wünschte, Lorna hätte ihre alten Kleider wenigstens aufbewahrt, denn so fühlte sie sich erst recht vollkommen verloren und ihrer Existenz beraubt. Außerdem schmerzte ihr Kopf wirklich sehr, sodass sie Mühe hatte, Lornas Aufzählung unzähliger Namen zu folgen.

„… Martha, Mary, Emma, Blythe, Beth …"

Rose konzentrierte sich auf die Namen und hoffte, ihren eigenen wirklich zu erkennen, falls Lorna ihn denn auch nennen würde. Vielleicht hatte man ihr einen sehr ausgefallenen Namen gegeben, den Lorna niemals aufzählen würde, oder vielleicht hatte Lorna ihn längst genannt, aber sie hatte ihn nicht erkannt.

„… Elisabeth, Agnes, Frances, Molly, Ellie, Greta …"

Rose schüttelte den Kopf. Was, wenn ihre Erinnerung nie wieder zurückkehren würde? Wenn sie niemals mehr herausfinden würde, wer sie eigentlich war? Hatte sie einen Mann? Kinder? Eine Familie, die sie vermisste?

„… Elin, Ida, Catherine, Linda, Rose, Brigitte, Sarah …"

Ein Blitz zuckte durch ihre Gedanken, und sie hob die Hand, um Lorna zum Schweigen zu bringen.

„Warte!", rief sie. „Was hast du gesagt?"

„Erinnerst du dich?", fragte Lorna aufgeregt.

„Sag das noch mal! Schnell!"

Rose spürte, wie ihr schwindelig wurde. Wirre Bilder rauschten durch ihren Kopf.

„Brigitte, Sarah …"

„Nein, nein! Das war es nicht!" Rose presste sich die Hände vor die Augen, um die flüchtigen Bilder festzuhalten, aber sie waren wie Sand, der ihr einfach durch die Finger rieselte. Sie hörte jedoch eine melodische Stimme, verstand kaum die Worte, fühlte die Sonne auf ihrer Haut und roch das Meer.

> *„Wer schenkt der lieblichen Rose sein Herz,*
> *für den bedeutet das niemals Schmerz.*
> *Und schenkt die Rose ihr Herz zurück,*
> *finden beide immerwährendes Glück. "*

Ihr Kopf drohte zu zerspringen, und sie versuchte, die Worte zu fassen. Sie einem Ort oder einer Person zuzuordnen. Was bedeuteten sie?

„Ich glaube, ich sagte Catherine, Linda … und Rose …"

„Rose", hauchte sie, und ein erleichtertes Zittern durchrieselte ihren Körper, während der goldene Bernstein die Worte in ihrem Kopf verblassen ließ. „Ich weiß es wieder. Mein Name ist Rose", flüsterte Rose, und es fühlte sich an, als hätte sie ein Stück von sich selbst wiederentdeckt. Das Atmen viel ihr nun leichter, denn es schien ihr mit einem Mal möglich, irgendwann auch die restliche Erinnerung wiederzufinden. Ob in dem leuchtenden Edelstein, der all ihre Sinne beherrschte, die Antwort auf ihre Fragen zu finden war?

„Ich wusste es! Es hat tatsächlich funktioniert", rief Lorna und klatschte in die Hände. „Rose ist ein sehr schöner Name, und, wenn ich bedenke, wie sehr du mich vor einigen Tagen noch gekratzt hast, als ich dir das Gewand anziehen wollte, dann hast du auch Dornen", kicherte sie, und Rose stimmte mit ein.

Rose wusste nicht, wer sie war, noch, wo sie sich eigentlich befand, oder wohin sie gehörte. Aber als sich bei Einbruch der Nacht die gewaltigen Mauern von Donovan Castle am Horizont abzeichneten, fühlte sie eine unerwartete Freiheit. Sie war wie neu geboren und bereit, sich selbst zu entdecken.

Das unerklärliche Kribbeln in ihrem Körper und ihr beschleunigter Herzschlag waren sicher Nachwirkungen ihrer Verletzung und lagen bestimmt nicht an dem dunklen Schatten des Mannes, der auf der Wehrmauer über dem Falltor ihre Ankunft beobachtete, überlegte sie, als der Wagen auf die Burg zu rollte. Rose konnte den Blick nicht von der schwarzen Silhouette nehmen, auch wenn das bedeutete, dass sie sich den Hals verrenken musste, um noch einen Moment länger hinsehen zu können.

Lorna stupste ihr mit dem Ellbogen in die Seite.

„Starre ihn besser nicht so an", flüsterte sie. „Er ist furchterregend, nicht wahr?"

Rose blinzelte, und, als sie sich erneut zu der Stelle auf der Mauer umdrehte, an der er gestanden haben musste, war diese verlassen.

„Was? Wer war das?"

„*Der Bluthund!*", hauchte Lorna ehrfürchtig. „Lass ihn niemals diesen Namen hören", warnte sie Rose. „Er ist des Königs bester Krieger. Ein Mann, der nicht nachfragt, ehe er sein Schwert auf Geheiß seiner Majestät selbst kleinen Kindern in den Leib jagt."

„Unfug, das glaube ich nicht! Warum sollte der König ihm so etwas auftragen?"

Lorna schien ehrlich verwirrt über Roses Frage und zuckte die Schultern.

„Nun, vielleicht … na … jedenfalls kennt er keine Gnade und … ach, was weiß denn ich – sei einfach vorsichtig und erzürne ihn nicht", beharrte Lorna auf ihrem Standpunkt, ehe sie aus dem Wagen sprang und Rose mit einem Wink bedeutete, ihr zu folgen.

„Wir schaffen besser schnell Lord Hatfields Truhen in seine Gemächer", gab sie an und schlug die erste der ledernen Planen zurück, die über den Wagen gespannt war. „Komm her und pack mit an!", rief sie.

Rose sah sich in dem geschäftigen Treiben innerhalb der Burgmauern um. Der Tross umfasste mehrere Wagen, und Dutzende Männer waren damit beschäftigt, die Pferde abzuspannen und Kisten, Säcke und Fässer abzuladen. Ächzend hoben sie die schweren Gegenstände herunter und warteten dann auf weitere Anweisungen.

„Rose! Was ist denn nun? Willst du vielleicht Wurzeln schlagen?"

Lornas Gesichtsfarbe war rot vor Anstrengung, als sie sich an einer der großen Truhen mit dem eingeschnitzten Wappen *des Bluthundes* zu schaffen machte.

Schnell fasste Rose mit an, aber in ihrem geschwächten Zustand war sie keine große Hilfe. Als sie merkte, dass sie dem Gewicht der Truhe nicht gewachsen war, rutschte diese schon von der Ladefläche. Rose stolperte. Im nächsten Moment umfasste sie ein Arm von hinten, und sie wurde an eine starke Brust gezogen, während der andere Arm mühelos die Truhe zurück auf den Wagen stemmte.

„Seid ihr des Wahnsinns? Seit wann verrichten Frauen Männerarbeit?" Lord Hatfields tiefe Stimme ließ Lorna erzittern, und sie sank in einen demütigen Knicks. Rose hätte es ihr vermutlich gleichgetan, aber noch immer hielt der muskulöse Arm ihres Retters ihre Taille umschlungen. Seine Berührung brachte sie fast noch mehr aus dem Gleichgewicht, als es die herabstürzende Truhe getan hatte, nur war es unmöglich zu fallen, so fest hielt der Fremde sie an sich gepresst. Sie spürte seinen Atem an ihrer Wange, als er weitersprach, und es schien ihr, als sei dieser Mann das Zentrum des Universums – als drehte sich alles nur um ihn. Die Blicke sämtlicher Männer waren auf ihn gerichtet, die Wachen auf der Burgmauer standen stramm, und die Frauen wagten kaum, dieselbe Luft zu atmen wie er.

Rose wünschte, sie hätte einen Blick in sein Gesicht werfen können, aber da er hinter ihr stand, und ihre Verletzungen noch immer bei jeder Bewegung Schmerzen verursachten, blieb ihr dies verwehrt.

„Die Männer kümmern sich um die Ladung und das Gepäck, die Frauen machen sich in der Küche nützlich. Bereitet eine schnelle Mahlzeit für alle und bezieht dann Quartier", wies er die Umstehenden an, während Rose betete, er möge sie nicht loslassen, denn ihre Knie waren weich wie Butter. „Und ihr zwei ...", er nickte Lorna zu und schob Rose ein wenig von sich weg, gab sie aber nicht frei, so, als spüre er ihre Schwäche, „... kümmert euch um mein Gemach. Macht Feuer, verstaut das Gepäck und bereitet mir ein Bad! Ihr findet Griffin in der Halle. Er wird euch alles zeigen."

Dann war er verschwunden, so schnell, wie er gekommen war, und Rose starrte seinem breiten Rücken nach, als er am anderen Ende des Burghofs den Männern weitere Befehle gab. Es kam ihr vor, als würden nicht nur wenige Meter, sondern ganze Welten zwischen ihnen liegen.

„Das war knapp!" Lornas Stimme zitterte. „Stell dir nur vor, was passiert wäre, wenn wir die Truhe beschädigt hätten. Gott behüte! Er hätte uns sicher ausgepeitscht!"

Roses Blick hing noch immer an dem blonden Hünen, dessen breiter Rücken unter seinem ledernen Brustharnisch selbst im Zwielicht beeindruckend wirkte. Auch wenn ihr jede Erinnerung fehlte, sie wusste, einen Mann wie diesen hatte sie noch nie gesehen. Wie gut und zugleich aufregend es sich angefühlt hatte, von ihm berührt zu werden!

„Du starrst ihn schon wieder an!", fauchte Lorna und riss Rose mit sich. Mit geraffter Schürze eilte sie die wenigen Stufen hinauf, wobei sie fortwährend murmelte, wie viel Glück ihnen beschert gewesen war.

„…Man weiß ja nie, wozu so ein Mann fähig ist!"

„Nun hör aber auf! Denkst du nicht, dass die Leute bei allem, was sie über ihn berichten, vielleicht ein klein wenig übertreiben?"

„Oh, das wirst du schon noch sehen! Ich sag dir eines, der König höchstpersönlich musste diese Gruppe von Männern zusammenstellen, denn keiner wollte freiwillig mit dem *Bluthund* gehen. Und sicher nicht, weil es hier spukt!"

Alex spürte den Blick dieses Mädchens in seinem Rücken, als er die letzten Arbeiten überwachte. Er musste sie zu Tode erschreckt haben, als er sie so unerwartet von hinten gepackt hatte, aber ihm war keine andere Wahl geblieben. Die Truhe hätte sie verletzen können. Dennoch konnte er sich denken, dass seine Berührung die junge Frau, die gerade erst überfallen und verwundet worden war, entsetzt hatte.

Er hatte ihr Zittern gespürt und ihre Schwäche, und eine unbändige Wut auf diejenigen, die ihr das angetan hatten, war in ihm aufgekeimt. Das Königreich war in einem jämmerlichen Zustand, wenn selbst am hellen Tag Frauen nicht mehr sicher waren. Sollte dies ungesühnt bleiben, nur weil es eine Magd war, die man derart zugerichtet hatte? Er würde bei Gelegenheit mit dem König darüber sprechen.

Unauffällig spähte er über seine Schulter, aber die beiden Mägde waren verschwunden. Er fühlte sich auf unerklärliche Weise verantwortlich für die Frau aus dem Wald. In ihrer Not hatte sie ihn um Hilfe angefleht, ehe die Ohnmacht sich schützend über sie gelegt hatte. *Gerade mich*, dachte er zynisch, denn natürlich konnte sie nicht wissen, dass er für alles, was er je in seinem Leben getan hatte, immer einen Preis gefordert hatte.

So war er durch Aufträge für den König zu Titel, Reichtum und Grundbesitz gekommen, auch wenn der Ruf, den er sich dabei erworben hatte, nicht wirklich seinem Naturell entsprach. Der König wollte einen gnadenlosen Krieger – also hatte er ihn dazu gemacht. Und so schlecht lebte es sich nicht, wenn einen alle Welt fürchtete, wenn man mit einem Befehl alles bekam, was man verlangte.

Der Burghof leerte sich, und Alex atmete mit tiefen Zügen die angenehm kühle Nachtluft ein. Der Tag auf dem Pferderücken und die anschließende Inspektion von Donovan Castle war schweißtreibend gewesen, und er wollte sich endlich den Staub vom Leib waschen.

Wieder wanderten seine Gedanken zu der dunkelhaarigen Schönheit. Er sah sie im Geiste vor sich, wie sie seinen Badezuber mit Wasser füllte.

Was würde es sie kosten, ihn um Hilfe gebeten zu haben?

Nur zu leicht konnte er sich diese Frage beantworten, und das Bild in seinem Kopf veränderte sich. Sie füllte nicht länger den Zuber mit Wasser, sondern sie erhob sich duftend und nass aus seinem Bad. Das Wasser rann von ihrem makellosen Körper, als sie ihre Hände nach Alex ausstreckte.

Kapitel 6

Rose stocherte in den schwach glimmenden Spänen herum. Die größeren Holzscheite konnte sie erst auflegen, sobald eine satte Flamme zu sehen war, aber der dünne Rauchfaden, der dem Reisig entstieg, sah wenig Erfolg versprechend aus.

„Verflucht!", murmelte sie und pustete vorsichtig in den Kamin. Der Rauch brannte ihr in den Augen, und Ruß wirbelte ihr entgegen, aber endlich flammte es unter den Spänen auf. Schnell griff sie sich das erste Scheit.

„Au!"

Sie ließ das Holzstück in den Kamin fallen, riss den Arm zurück und sah auf ihre Hand. Ein Splitter steckte in ihrer Fingerspitze, und Rose biss wütend die Zähne zusammen. Zu allem Ärger war nun auch noch die kleine Flamme durch das fallen gelassene Scheit erstickt.

„Himmel, Rose! Was ist mit dem Feuer?"

Lorna sah ängstlich zur Tür, und es war klar, dass sie nichts lieber täte, als endlich die Gemächer des *Bluthundes* zu verlassen. Sie legte keinen Wert darauf, ihrem Dienstherren erneut gegenüberzutreten. In größter Hast hatte sie Eimer für Eimer den kupfernen Badezuber gefüllt und eilte nun mit nasser Schürze und verschwitzten Locken an Roses Seite.

„Warum brennt es noch nicht? Was hast du mit den großen Scheiten vor?" Sie warf einen missbilligenden Blick auf Roses qualmendes Werk.

„Was weiß denn ich", verteidigte sich Rose mürrisch. Sie hatte den Finger zwischen ihren Lippen und saugte an dem Splitter. „Ich habe das eben noch nie gemacht!"

Lorna stemmte ihre Fäuste in die Hüften und sah ungläubig auf Rose hinab.

„Du hast noch nie Feuer gemacht? Vielleicht hast du es – wie deinen Namen – nur vergessen? Und nun sieh endlich zu, dass du fertig wirst. Lord Hatfield wird sicher nicht mehr lange auf sich warten lassen", prophezeite Lorna und eilte zur Tür.

„Warte!", rief Rose.

„Nein, nein, ich mach, dass ich fortkomme."

Verwirrt blieb Rose zurück. Vergessen war das Feuer im Kamin oder ihre Aufgabe. Sie ballte die Hände zu Fäusten, um den Gedanken – diese flüchtige Erinnerung – festzuhalten.

„Ich habe das noch nie gemacht!"

Das war keine Ausrede. Und es war nicht so wie mit ihrem Namen. Sie hatte gewusst, dass da ein Name war, der zu ihr gehörte - hatte ihn nur nicht gefunden. Mit dem Feuer war es anders. Sie wusste, wie man einen Kamin anschürte – hatte es aber noch nie selbst gemacht, davon war sie überzeugt.

„Was tust du noch hier?"

Rose zuckte zusammen. Im Türrahmen stand der *Bluthund*. Alexander Hatfield, korrigierte sie sich. Zum Glück hatte sie Lorna noch nach dem richtigen Namen ihres Dienstherrn gefragt, auch wenn anzunehmen war, dass Lorna immer nur vom *Bluthund* sprechen würde.

Rose erhob sich langsam und versank in einen Knicks, während sie fieberhaft überlegte, was Lorna wohl jetzt tun würde. Nun, Lorna wäre vermutlich nicht hier, denn sie hätte das Feuer längst anbekommen. Sie sah verschämt auf den Kamin und stammelte:

„Ich, ich … das Feuer, Mylord, es …"

Er trat ein.

Rose war unsicher. Wenn sie doch nur sein Gesicht sehen könnte, dann wüsste sie, ob er wütend über ihre Anwesenheit war. Aber in dem schwachen Lichtschein der einzelnen Kerze, die Lorna neben dem Bett entzündet hatte, war keine Regung erkennbar.

„Solltest du nicht längst bei dem anderen Gesinde in der Halle sitzen?", überging er ihr Gestotter und entzündete einen Leuchter an der Wand.

„Das Feuer …"

„Wie ist dein Name?", fragte er, ohne sie anzusehen. Ein weiterer Leuchter erhellte den Raum, aber da Lord Hatfield, von ihr abgewandt, die silbernen Hauben von den Tellern nahm, die ihm Griffin zuvor bereitgestellt hatte, erhaschte Rose weiterhin nur einen Blick auf seinen Rücken.

Ein beeindruckender Rücken, wie sie ja schon bemerkt hatte.

„Ich bin Rose. Soll ich gehen, Mylord?"

Er drehte sich um. Seine Bewegung war langsam, so, als sei er sich nicht sicher, ob er es tun sollte. Sein Brustharnisch war aufgeschnürt, das Hemd darunter geöffnet und aus der Hose gezogen. Vom Bauchnabel abwärts verlief ein Streifen hellen Haares, welcher im Bund seiner Hose verschwand. Schnell zwang sich Rose, den Blick auf sein Gesicht zu richten, denn sie spürte das Blut, welches ihr in die Wangen schoss, die Hitze, die plötzlich von ihr Besitz ergriff. Ihm konnte nicht entgangen sein, wie sie ihn angestarrt hatte, und tatsächlich sah er erheitert aus. Seine Lippen kräuselten sich zu einem amüsierten Lächeln.

„Gehen?", fragte er und kam näher. Unter gesenkten

Lidern musterte er sie. „Nein, Rose. Ich will, dass du bleibst."

Diese Stimme schien alles in Rose zum Vibrieren zu bringen. Ihr Puls raste, und seine Nähe verwirrte sie mehr, als er der Gedächtnisverlust es tat. Er griff nach ihrer Hand.

„Mylord, was …?", fragte Rose atemlos, denn ihr wollten keine sinnvollen Worte einfallen. Die Kopfverletzung musste wirklich einigen Schaden angerichtet haben, überlegte sie.

„Du solltest bleiben, Rose. Wolltest du nicht gerade … ein Feuer entfachen? Bist du nicht hier, um die Glut zu schüren, bis die Flammen mit ihrer Hitze alles verzehren?"

Sein Finger fuhr über ihre Hand, streichelte sie. Langsam hob er sie an seine Lippen.

Rose keuchte. Seine Worte machten sie betrunken. Wie konnte ein Gespräch über ihre Aufgabe sie derart verwirren? Sie schloss die Augen, denn der Anblick seiner nackten Brust löste ein unbekanntes Sehnen in ihrem Unterleib aus. Seine Worte setzten sie in Brand, sodass sie es nun für ein Kinderspiel hielt, den Kamin anzufachen.

„Tut mir leid, Mylord. Ich habe noch nie Feuer gemacht", versuchte sie, sich auf ihr Problem zu besinnen, aber Lord Hatfields tiefes Lachen riss sie gleich wieder in einen Strudel unerklärlicher Gefühle. Es füllte sie mit Wärme, wie es sonst nur die Sonne vermochte.

„Oh Rose, du kannst dir nicht vorstellen, wie gerne ich dir zeigen würde, wie man ein ordentliches Feuer entfacht." Er sah ihr in die Augen, und Rose war verloren. Im Licht der Leuchter funkelte der Bernstein seiner Augen, und das sichere Gefühl, welches dies auslöste, ließ ihr Herz schneller schlagen. Was auch immer mit ihrer Welt passiert sein mochte, welche Erinnerungen ihr fehlten und welche Träume sie verloren hatte, sie war angekommen. Sie war dort, wo sie sein sollte.

Er nahm ihren verletzten Finger zwischen seine Lippen und saugte daran. Roses Knie gaben nach, und mühelos zog Alex sie in seine Arme. Er trug sie zum Tisch und setzte sie vor die gefüllten Teller, dann bedeutete er ihr, sich zu bedienen. Erst dann gab er ihren Finger frei und lächelte. Ein Tropfen Blut quoll aus der kleinen Stelle, wo zuvor der Holzsplitter gesteckt hatte.

„Ich könnte es dich lehren, Rose", schlug er vor, und sein Blick schien sie zu verzehren. Lorna hatte recht. Dieser Mann war gefährlich. Sie musste dringend Distanz gewinnen.

„Oder …", Rose schluckte den Kloß in ihrer Kehle hinunter und ermahnte sich selbst zur Ruhe. „… oder Ihr bittet morgen ein anderes der Mädchen, Euer Feuer zu entfachen."

„Sie fürchten mich", verneinte er mit einem bedauernden Kopfschütteln ihren Vorschlag.

„Ich fürchte Euch ebenfalls", behauptete Rose, auch wenn sie in Wahrheit nur die Gefühle fürchtete, die er in ihr wachrief.

Alex lachte und durchquerte den Raum. Er testete die Temperatur des Badewassers und verzog bedauernd das Gesicht.

„Wegen dir ist mein Kamin kalt und mein Wasser ebenfalls. Du solltest also lieber schnell essen, denn, wenn ich frierend aus der Wanne steige, könnte ich ansonsten geneigt sein, mir von dir zumindest das Bett wärmen zu lassen."

Mit diesen Worten streifte er sein Hemd ab und öffnete ungeniert seine Hose.

Rose sprang so schnell auf, dass sie den Kelch mit Wein umstieß.

„Ihr müsst verrückt sein, wenn Ihr denkt, ein warmes Essen wäre ein annehmbarer Preis für die Ungeheuerlichkeit, die Ihr hier vorschlagt."

Alex ließ die Hose zu Boden gleiten, und Rose konnte nicht umhin, sein geschwollenes Glied zu bestaunen. Himmel!, sie war puterrot, als sie sich von diesem eindrucksvollen Anblick losriss und sich seinem diabolischen Grinsen stellte.

„Was wäre denn ein annehmbarer Preis für diese … Ungeheuerlichkeit?", fragte er.

„Das, Mylord, muss nicht Eure Sorge sein, denn Ihr könnt es Euch ohnehin nicht leisten!"

Damit rannte Rose aus dem Raum, und das gut gelaunte Lachen, das ihr folgte, war bedrohlicher für sie als jeder Spuk, den dieses Castle bereithalten mochte.

Kapitel 7

Der Zuber war viel zu klein für ihn, und Wasser schwappte bei jeder seiner Bewegungen über den Rand. Es war inzwischen kalt, aber das störte Alex nicht im Geringsten. Durch das kurze Geplänkel mit der Magd war ihm ordentlich warm geworden, und er konnte diese Abkühlung nicht nur wegen der Hitze des Tages gut gebrauchen.

Er hatte nicht vorgehabt, das Mädchen mit den Mitternachtsaugen zu erschrecken, aber er konnte diesen unwiderstehlichen Drang, sie zu reizen, einfach nicht ignorieren. Und nun war sie fort, und er wusste noch immer nichts über sie. Dabei wollte er immer alles wissen, was um ihn herum geschah. So überlebte man leichter. Viele seiner heiklen Aufträge für den König hätten böse enden können, wenn er es sich nicht zur Regel gemacht hätte, jedes Rätsel sofort zu lösen und jede unbekannte Größe sofort auszumerzen. Und nun dieser Auftrag, bei dem es um ein größeres Rätsel ging, als bisher angenommen. Er musste seine ganze Aufmerksamkeit auf diese Aufgabe richten und konnte sich keine Ablenkung durch die geheimnisvolle Rose leisten. Sie war so unergründlich wie ihre nachtschwarzen Augen.

Ein letztes Mal schöpfte Alex sich Wasser über den Kopf, ehe er aus der Wanne stieg. Er schlang sich das Handtuch um die Hüften und trat ans Fenster. Auf der gegenüberliegenden Burgmauer sah er zwei seiner Männer patrouillieren. Das Fallgitter war geschlossen, und eigentlich sollte es niemandem gelingen, unbemerkt in die Anlage zu gelangen. Trotzdem war genau dies nach Aussage von Griffin, dem Haushofmeister, das Problem.

Nachts geschahen in Donovan Castle merkwürdige Dinge. Gespenstisches Geheul hallte durch die Flure, Gegenstände verschwanden, und ein unerklärliches Feuer hatte die Fortschritte der Arbeiten zerstört. Darum hatten sich nach und nach sämtliche Arbeiter davongemacht, und die Zofen und Mägde hatten sich nach anderen Anstellungen umgesehen.

Alex rieb sich nachdenklich über das stoppelige Kinn.

Es gab für alles eine logische Erklärung, und die musste er nun finden. Leider hatte ihm die heutige Besichtigung nicht einen einzigen Hinweis geliefert. Nun, die nächsten Nächte würden sicher zeigen, wie unheimlich des Königs neue Residenz wirklich war.

Die Nachtluft hatte die Tropfen auf seiner Haut getrocknet, und er überlegte, ob er sich noch einmal ankleiden und einen weiteren Rundgang unternehmen sollte. Mit einem Blick auf sein leeres Bett fiel die Entscheidung, und er stieg in eine frische Hose. Die erregende Vorstellung von Rose, die sich in seinen Laken rekelte, wollte sich einfach nicht vertreiben lassen, und so kam ihm sein Bett ohne sie wenig einladend vor.

Er schlüpfte in sein Hemd und steckte sein Messer in die Scheide am Gürtel. Ein Gegner aus Fleisch und Blut schien ihm wahrscheinlicher als ein nächtliches Spukgespenst, und so machte er sich auf, dem Geheimnis um Donovan Castle auf den Grund zu gehen.

Rose eilte durch die leeren Gänge. Sie hatte sich in den langen Fluren verlaufen, aber sie konnte einfach nicht stehen bleiben. Ihr Herz hämmerte wild in ihrer Brust, und ihre Gefühle lagen im Kampf miteinander. Sie riss eine schwere, bogenförmige Holztür auf und stolperte hinaus in den Hof. Sofort umfing sie die Schwärze wie ein tröstlicher Mantel, und sie lehnte sich schwer atmend gegen die Mauer.

Sie hielt sich den schmerzenden Kopf und betete inständig, ihre Erinnerung möge wiederkehren. Es war so verwirrend, sich diesem Mann gegenüberzusehen, ihre Reaktion auf ihn zu spüren, aber nicht zu wissen, was dies für sie bedeuten konnte. Wenn sie nur wüsste, wer sie war, was für Wünsche und Träume sie hegte, dann konnte sie vielleicht auch verstehen, warum in der Nähe ihres Dienstherrn alles so aufregend und ungewohnt war.

Der Impuls, vor ihm davonzulaufen, war übermächtig gewesen, aber nicht wie bei Lorna aus Angst geboren. Dieser starke Fremde faszinierte sie und sprach all ihre Sinne an. Sie mochte am liebsten seine von der Sonne gebräunte Haut unter ihren Fingern fühlen, seinen Duft ergründen und herausfinden, wie seine Lippen schmeckten. Und dies erschreckte sie, denn, obwohl sie sich nicht an ihr bisheriges Leben erinnern konnte, war Rose sicher, dass die Nähe zu einem Mann bei ihr noch nie so eine beschämende Reaktion ausgelöst hatte. Sie wünschte nur, sie könnte all dies mit Gewissheit sagen. Was, wenn sie sich täuschte? War sie vielleicht ein Mädchen mit losen Moralvorstellungen, wenn es anscheinend nur weniger Worte bedurfte, um ihre Leidenschaft zu wecken?

Und Himmel!, wie sehr dieser unverfrorene Kerl etwas in ihr zum Schwingen gebracht hatte. Ihre Fingerspitze kribbelte dort, wo seine Zunge und seine Lippen sie berührt hatten. Sie fühlte sein tiefes Lachen noch immer in ihrer

Magengrube und seinen bernsteinfarbenen Blick, der ihr trotz seiner herausfordernden Worte einen wohligen Schauer über den Rücken jagte.

Sie ließ sich an der Wand entlang zu Boden gleiten. Wo sollte sie hin? Bei ihrer Flucht war sie an der Halle vorbeigekommen. Auf den Bänken waren einige der Männer eingedöst, und die Frauen hatten sich anscheinend in ihre Kammern zurückgezogen. Sie wusste nicht, wo sie Quartier beziehen sollte, aber sie fühlte sich auch kein bisschen müde. Die lange Ohnmacht musste dafür verantwortlich sein.

Sie befühlte ihren Kopf. Die Beule war immer noch deutlich zu spüren. Wenn sie doch nur eine Ahnung hätte, was mit ihr geschehen war. Lorna hatte von einem Überfall gesprochen, aber ergab das einen Sinn? So sehr sie sich auch bemühte, Licht in das Dunkel ihrer Erinnerung zu bringen, kam sie ihrer eigenen Geschichte doch kein Stück näher.

Als der Kopfschmerz zu stark wurde, zog sie die Knie heran und legte ihren Kopf darauf. Eine ganze Weile saß sie so da. Nicht zu wissen, wer sie war, hinterließ ein tiefes Gefühl der Einsamkeit, und Rose versuchte, sich zu beruhigen. Ihr Gedächtnisverlust war nur vorübergehend, sagte sie sich und wischte sich mit dem Ärmel eine Träne aus dem Augenwinkel. So, wie sie ihren Namen wiedergefunden hatte, würde bestimmt auch der Rest ihrer Erinnerungen – die Essenz ihres Lebens – irgendwann wieder an die Oberfläche kommen. Ohne diese fühlte sich Rose verletzlich und einsam. Der raue Stoff ihres Kittels kratzte unangenehm, und es war Rose, als wollte ihr das etwas sagen. Aber was? Frustriert atmete sie aus.

Losgelöst von ihrem bisherigen Leben, musste sie sich einen Anker im Jetzt suchen, um sich nicht vollständig zu verlieren. Der Gedanke an die bernsteinfarbenen Augen ihres Dienstherren beruhigte sie; dies gab ihr Halt in ihrer so ungewissen Gegenwart. Rose hatte das starke Gefühl, als könnte ausgerechnet dieser Mann ihr Trost spenden. War das lächerlich?

Immerhin war der *Bluthund* nicht einmal davor zurückgeschreckt, sie trotz ihrer Verletzungen mit ungehörigen Angeboten zu bedenken.

Sie hätte nicht vor ihm davonlaufen sollen, überlegte Rose. Nun, in der Abgeschiedenheit, wusste sie, was sie hätte tun oder sagen sollen, um diesen eingebildeten Unhold in die Schranken zu verweisen. Zu dumm, dass ihr das alles erst jetzt einfiel.

Alex schritt die Wehrmauer ab. Es gab hier keine losen Steine oder unverschlossenen Durchgänge. Diesen Weg konnten die Übeltäter, die die Arbeiter in Angst und Schrecken versetzt hatten, nicht genommen haben. Er stieg einige Stufen auf die Brustwehr hinauf und spähte hinunter. Der König bewies bei der Wahl seiner neuen Residenz einen guten Geschmack. Hier, so hoch oben auf dem Hang, der steil zum Hafen hin abfiel, hatte man eine wunderbare Aussicht auf den Mündungsarm. Die Sterne spiegelten sich im Wasser, und einzelne helle Segel fingen das Mondlicht ein.

Wer immer sich der Burgmauer nähern würde, wäre schon von Weitem auszumachen. Etwas anderes hatte Alex auch nicht erwartet. Er kehrte zurück in den Hof, als ein Geräusch ihn innehalten ließ.

Alex zog sein Messer aus dem Gürtel und drückte sich

an die Wand. Langsam schlich er weiter und lauschte. Der Wind trug aufgebrachte Worte an sein Ohr.

„Keinerlei Manieren hat dieser Mann! Wie konnte seine Mutter nur zulassen, dass er derart verkommt? Als würde irgendeine Frau freiwillig das Bett *des Bluthundes* teilen, nur, weil er gut aussieht!"

Alex spähte um die Ecke. Die Magd, die ihm trotz seiner Aufgabe nicht aus dem Sinn gehen wollte, stapfte im Hof auf und ab, hatte die Hände zu Fäusten geballt und schimpfte. Das Mondlicht versilberte ihren hellen Teint und verwandelte ihr Haar in Obsidian. Aus ihrem losen Zopf hatten sich einzelne Strähnen herausgelöst und streichelten ihre erhitzte Wange. Selbst ihr formloses Gewand unterstrich dezent ihre jugendliche Figur und lenkte den Blick auf ihre schlanke Taille. Sie sah bezaubernd aus, und ihre Worte weckten Alex' Interesse. War sie immer so eine leidenschaftliche Wildkatze wie in diesem Moment? War sie womöglich auch eine ebenso leidenschaftliche Bettgespielin?

„Dieser arrogante Mistkerl! Bildet sich wohl ein, seine gestählte Brust würde Eindruck auf mich machen …"

Alex musste grinsen.

Sie schien ganz in ihrem Selbstgespräch versunken und bemerkte seine Anwesenheit selbst jetzt nicht, als er hinter sie trat. Der Wunsch, sie zu berühren, war übermächtig. Er ergab sich diesem Verlangen, als er seine Hand nach ihr ausstreckte.

„Tut sie es denn nicht?", fragte er und drehte sie zu sich um. Sein Griff um ihren Arm war fest, aber nicht brutal, und Alex wusste, er würde sie so einfach nicht wieder gehen lassen. Sie zuckte zusammen, aber, als sie ihn erkannte, wich der erschrockene Ausdruck in ihrem Gesicht der Wut, die Alex schon zuvor gesehen hatte.

„Ihr? Himmel! Ihr habt mich zu Tode erschreckt!", schimpfte Rose und versuchte, ihren Arm zu befreien.

„Weil ich dich dabei erwischt habe, wie du über mich nachdenkst?"

„Was? So ein Unsinn!"

„Tatsächlich? Und wie war das mit der *gestählten Brust*", hakte Alex nach, und die Röte auf ihren Wangen strafte ihre Worte Lügen.

„Es passt zu Eurer Arroganz anzunehmen, ich würde auch nur einen Gedanken an Euch verschwenden."

Alex lachte und zog Rose näher an sich.

„Du kleine Lügnerin!", hauchte er, während er seine freie Hand unter den lockeren Zopf in ihren Nacken schob. Er zwang sie, ihn anzusehen. „Ich habe jedes Wort gehört, aber auch, wenn ich dies nicht getan hätte, wüsste ich, dass dir gefällt, was du siehst."

Rose wollte sich losreißen, aber sein Griff war unbarmherzig, und sie fühlte sich noch immer geschwächt. Geschwächt von den Verletzungen oder seiner Nähe? Seine Augen loderten begehrlich, und seine Berührung versengte ihre Haut. Sie war sich seiner nackten Brust unter dem geöffneten Hemd bewusst, und der zarte Geruch nach Seife und Mann weckte eine unbekannte Sehnsucht.

Sie fühlte sich schwach, aber eher würde die Hölle zufrieren, als dass sie dies dem eingebildeten Kerl zeigen würde.

„Das könnt Ihr nicht wissen, weil es nicht stimmt!"

„Ich weiß es nicht nur, süße Rose, ich kann es dir sogar beweisen." Sein Atem strich über ihren Hals, und seine

Hand liebkoste ihren Arm. Jedes Härchen an ihrem Körper stellte sich vor Wonne auf, und ein zufriedenes Grinsen erschien in seinem Gesicht. „Siehst du, das ist Begehren", flüsterte er siegessicher.

„Oder Ekel!", schlug Rose spitz vor und riss ihren Arm zurück, um die verräterische Gänsehaut zu verbergen.

Alex lachte. Es schien so, als nähme er eine Herausforderung an, als er langsam nickte.

„Das ist möglich", gab er zu. „Aber dies …", die Hand in ihrem Nacken wanderte an ihre Kehle, wo ihr Puls viel zu schnell flatterte. „… ist deine Erregung, Rose. Dein Blut pumpt so schnell durch deine Adern, weil du erregt bist."

Rose schluckte. Sie würde nicht nachgeben.

„Ihr scheint den Unterschied zwischen Furcht und Erregung nicht zu kennen, Mylord", antwortete sie frech.

Sein tiefes Lachen bebte in ihrem Bauch nach, und sie schnappte erschrocken nach Luft, als er sie eng an seinen Körper zog. Seine Erregung war offenkundig, denn selbst durch den Stoff seiner Hose und ihres Gewandes spürte sie den Beweis dafür.

„Ich kenne den Unterschied, Rose. Lass ihn mir dir zeigen", flüsterte er gegen ihre Lippen, ehe er diese mit einem Kuss verschloss. Seine Zunge teilte ihre Lippen, erkundete kühn ihren Mund und stieß Rose damit in ein Meer der Verlockung. Die Berührung seiner Hände durch den groben Wollstoff ihres Kittels zu spüren, sandte einen Schauer der Erregung durch ihren Körper. Das und seine starken Arme, die sie gefangen hielten, weckten in Rose den Wunsch, sich an ihn zu schmiegen, ihm noch näher zu kommen und ihn überall zu fühlen.

Als er ihre Brust umschloss, sein Daumen über ihre Knospe strich, wurde diese hart, und ihrer Kehle entstieg ein hungriges Seufzen. Alex' Zunge spielte mit ihrer, neckte sie, und Rose konnte keinen klaren Gedanken mehr fassen. Er hob ihren Schenkel an seine Hüfte und schob ihr den Stoff ihres einfachen Kleides bis über die Knie. Kalte Luft kroch unter ihren Rock, und Rose drückte sich näher an seinen warmen Leib. Sie zitterte, als er seine Hand weiter und weiter nach oben schob, ihr Gesäß umfasste und sich schließlich ihrer Weiblichkeit näherte. Er löste seine Lippen und sah Rose ins Gesicht. „Deine Wangen sind gerötet, deine Augen dunkel vor Lust und deine Lippen …"

Sie spürte ihre Lippen, feucht und geschwollen von seinem fordernden Kuss. Seine Worte entzündeten die Luft um sie herum, und langsam, beinahe quälend, streichelte sein Finger über ihre taubenetzte Blüte. Rose keuchte.

„Dies ist Erregung, Rose", flüsterte er und zog seine Hand zurück, ließ ihr Bein hinabgleiten und gab ihre Brust frei. „Und was du nun fühlst, meine kleine Lügnerin, ist Furcht. Du fürchtest, ich könnte jetzt aufhören, nicht wahr?"

Wie ein Eimer eiskaltes Wasser rissen seine Worte Rose aus diesem köstlichen Strudel neuer Gefühle. Er hatte recht, es war ihm tatsächlich gelungen, sie ihren Ärger über ihn vergessen zu lassen und in ihr den Wunsch nach seiner Berührung zu wecken, aber Rose hatte nicht vor, ihm diesen Sieg zu schenken.

„Das Einzige, was ich fürchte, Mylord, ist, dass Ihr den Verstand verloren habt! Und jede Moral!", schrie sie und riss sich los. Sie stemmte die Hände in die Hüfte und bedachte ihm mit ihrem wütendsten Blick. Mit aller Macht versuchte sie, das eben Erlebte aus ihren Gedanken zu verbannen und sich darauf zu konzentrieren, dass er ein Scheusal war. Zur Sicherheit wich sie noch weiter zurück, aber Alex folgte ihr.

„Moral macht einen nicht satt und füllt einem nicht die

Börse." Er hinderte sie daran, sich weiter zurückzuziehen, indem er sich eine Strähne ihres Haares um die Hand wickelte. „Alles im Leben hat seinen Preis, kleine Rose. Wie gedenkst du, mich für deine Rettung zu bezahlen?"

„Was? Ihr könnt nicht ernsthaft etwas von mir verlangen?"

Ihre Empörung schien Alex nicht einmal aufzufallen, denn er spielte unbeeindruckt weiter mit ihrem Haar.

„Du denkst also, ich müsste dir die Unterbringung in dieser Burg, deine Verpflegung und das Bett, in dem du schläfst, ohne jede Gegenleistung zur Verfügung stellen?"

„Nun … ja!"

Wieder dieses Lachen, welches Roses Abwehr so mühelos durchbrach, dass sie am liebsten selbst gelächelt hätte. Seine Augen funkelten, als hätte er großen Spaß an dieser Unterhaltung, und seine Nähe tat ihr Übriges, Rose zu verwirren.

„Du könntest ein klein wenig Dankbarkeit zeigen", schlug Alex vor.

„Dankbarkeit? Ihr habt mich entführt, Mylord! Niemand hat mich gefragt, ob ich mit Euch hierherkommen will, und ich arbeite für meinen Unterhalt."

„Dann nehme ich an, dass du jede Aufgabe, die dir übertragen wird, übernimmst?"

„Ihr stellt mir eine Falle, Mylord, aber ich bin nicht dumm! Ich werde tun, was Ihr verlangt, aber nicht das Bett mit Euch teilen!"

„Wie du willst, Rose. Es gibt Alternativen – den Tisch, den Fußboden …"

Die Ohrfeige, die sie ihm versetzte, überraschte sie beide, aber Rose hatte ihre Sinne schneller wieder beisammen. Ehe Alex seine pochende Wange befühlen konnte, hatte sie ihren Rock gerafft und die Flucht ergriffen. Sie hastete über das unebene Pflaster, duckte sich in einen Durchgang und eilte eine schmale Treppe hinauf, durch die erstbeste Tür und den langen, dunklen Korridor entlang. Erst, als sie sicher war, dass sie nicht verfolgt wurde, ging sie langsamer.

„Vater wird ihn umbringen, wenn er es wagt, mir noch einmal zu nahe zu kommen", murmelte sie gedankenverloren vor sich hin.

Kapitel 8

D er Gasthof am Hafen war um die Mittagszeit gut gefüllt. Devlin hob seine Arme, um seinen Vater, der gerade eingetreten war, auf sich aufmerksam zu machen.

Als sich Dorian schließlich einen Weg durch die Seeleute gebahnt hatte, sank er frustriert auf einen Stuhl.

„Das ist doch alles nicht zu fassen. Keiner hat sie gesehen", eröffnete er sogleich das Gespräch und fuhr sich durch das an den Schläfen graue Haar.

„Beruhige dich, Vater. Logan und ich haben jedes auslaufende Schiff kontrolliert. Rose kann England kaum verlassen haben", erklärte Devlin.

Logan trank einen Schluck und nickte zustimmend. Sein dunkles Haar schimmerte beinahe bläulich, und er hätte gut als Devlins Bruder durchgehen können. Beide waren groß, dunkel und gut gebaut. Allerdings sah Devlin, seit er Danielle geheiratet hatte, rundherum zufrieden aus, wohingegen Logan immer einen verbissenen Zug um den Mund hatte.

Dorian schlug mit der Faust auf die klebrige Tischplatte.

„Dieses sture Frauenzimmer! Wenn sie dies für einen ihrer üblichen Scherze hält, dann hat sie sich getäuscht! Diesmal ist sie wirklich zu weit gegangen! Ich werde sie in ein Kloster stecken!"

„Als würden die sie haben wollen", murmelte Devlin, und auch Logan konnte ein amüsiertes Zucken seiner

Mundwinkel nicht verbergen.

„Weston, wenn Ihr erlaubt, kehrt nach London zurück und wartet darauf, dass Eure Tochter zur Vernunft kommt. Vielleicht ist sie längst wieder zu Hause. Ich postiere meinen Kammerdiener Oliver hier im Hafen, und für den unwahrscheinlichen Fall, dass Rose schneller war als wir, begleitet mich Devlin nach Frankreich", schlug Logan vor.

Dorian nickte. „Ich werde Rose einen Strich durch die Rechnung machen", prophezeite er. „Sie wird ihr blaues Wunder erleben, wenn sie Italien erreicht."

Logan runzelte die Stirn und sah fragend zu Devlin herüber.

„Was hast du vor, Vater?"

„Bringt mir diesen Moretti. Rose will immer die Dinge, die sie nicht bekommen kann. Wenn ich ihr Moretti direkt vor die Nase setze, dann wird sie seiner ganz schnell überdrüssig sein."

Devlin musste lachen. Der Plan seines Vaters könnte aufgehen. Zudem würde sie dann von ganz alleine zurück nach London kommen, um ihren Poeten wiederzusehen.

„Na, was sagst du, Logan? Ein kleiner Abstecher nach Italien gefällig?", fragte Devlin.

Logan neigte unschlüssig den Kopf, und Devlin wusste, dass sein Freund eigentlich seinem Weinberg einen Besuch abstatten wollte.

„Ach, was soll's, Dev. Wir waren schon seit einer Ewigkeit nicht mehr gemeinsam unterwegs." Er hob seinen Krug. „Auf die alten Zeiten!"

Devlin grinste bedauernd und schüttelte den Kopf.

„Ich bin jetzt verheiratet."

Logan zuckte die Schultern. „Von Wein, Weib und Gesang übernehme also ich den Wein und das Weib – soll mir recht sein, Dev, soll mir recht sein!"

Kapitel 9

„Vater!"

Der Gedanke war so plötzlich da, dass er Rose beinahe den Atem nahm. Ihre Kehle war wie zugeschnürt, denn es gelang ihr nicht, die Erinnerung wirklich zu fassen. Nur die Gewissheit, einen liebenden Vater zu haben, wärmte sie. Wo mochte er stecken? Suchte er sie womöglich? Rose massierte sich die Schläfen, aber das Bild blieb in den Tiefen ihres Bewusstseins verborgen, auch wenn es beruhigend war, dass ihre Erinnerungen nur verschüttet und nicht verloren schienen. Wenn sie sie doch nur ausgraben könnte!

„Vater, wo bist du?", murmelte Rose, und das Gefühl, vollkommen allein zu sein, das sie den ganzen Tag verdrängt hatte, brach über ihr zusammen. Wie leicht war es in der Nähe ihres Dienstherrn, sich geborgen zu fühlen und für diese kurzen Momente ihre Sorgen zu vergessen. Er war so stark und sinnlich. Wusste genau, wer er war – und was er wollte. Rose beneidete ihn dafür, auch wenn seine Unverschämtheiten sie wütend gemacht hatten. Wut war immer noch besser als diese Verlorenheit. Und weil sie sich so verloren vorkam, so haltlos wie ein Blatt im Wind, hatte sie der Moment in seinen Armen so verwirrt. Wie leicht wäre es doch gewesen, sich in diese Illusion von Nähe und Schutz zu flüchten, sich darin zu verlieren!

Rose ging weiter durch die dunklen Flure. Der Staub auf dem Boden zeigte, dass sich in diesem Bereich nur selten jemand aufhielt. Die Fensterbögen waren nicht verglast, sondern mit Brettern vernagelt, und nur wenig Licht fand seinen Weg herein. Sie wollte nicht das Wagnis eingehen, *dem Bluthund* erneut in die Arme zu laufen, darum verwarf Rose die Idee umzukehren. Sie würde einfach sehen, wohin dieser Flur führte, und dabei sicher zurück in die Halle gelangen. Der Wind pfiff durch die schmalen Ritzen, und zusammen mit dem dumpfen Klang ihrer Schritte, die von den kahlen Wänden zurückgeworfen wurde, fühlte Rose sich zunehmend unbehaglich. Sie beschleunigte ihre Schritte. Direkt vor ihr endete der Gang in einem schwarzen Schlund. Die nach unten führende Treppe lag in vollkommener Finsternis. Sollte sie wirklich da hinabsteigen? Das Unbehagen hatte sich in Furcht gewandelt, aber es war zu spät umzukehren, denn eine Richtung wirkte so unheimlich wie die andere. Kurz flammte der Gedanke auf, dass es doch ganz nett gewesen wäre, *der Bluthund* wäre ihr gefolgt. Die Gefahr, die von ihm ausging, hatte etwas Verlockendes an sich. Ganz anders als dieses kalte Gemäuer.

Mit einem tiefen Atemzug machte Rose sich Mut und stieg zögernd die Stufen hinab. Die Treppe wand sich eng im Kreis tiefer und tiefer hinunter. Von oben drang kein Lichtstrahl mehr zu ihr vor und mit ausgestreckten Händen tastete Rose sich weiter.

Ein eisiger Lufthauch fuhr ihr um die Beine und trug einen schweren kupfernen Geruch mit sich. Rose hielt sich die Hand vor den Mund und atmete flach.

Was war das? Sie war am Fuß der Treppe angekommen. Sie ertastete ein Türblatt und fand schließlich die Klinke. Die Tür scharrte über den Steinboden, und der Geruch wurde stärker. Rose trat ein, und Feuchtigkeit durchdrang ihren Pantoffel. Das schmatzende Geräusch, als sie den

Fuß hob, ließ sie schaudern. Was zur Hölle war das? Wo war sie gelandet? Sie tastete sich weiter in den Raum hinein. Ein blasser Lichtstreifen vor ihr deutete auf eine weitere Tür am anderen Ende des Raumes hin. Sie stieß sich den Kopf an etwas, das von der Decke baumelte, und zuckte zusammen. Mit ausgestreckten Händen versuchte sie, zu der anderen Tür zu gelangen. Wohin sie fasste, es war alles feucht. Am Boden zuckte es, und Rose stieß einen Schrei aus, als etwas – was immer es war – ihren Knöchel streifte. Sie wischte sich die Hände an ihrer Schürze ab und versuchte, die bittere Galle, die ihr in den Mund stieg, hinunterzuschlucken. Der Gestank war übermächtig, und zu ihren Füßen bewegte sich an allen Ecken und Enden etwas. Ihre Augen hatten sich zwar an die Dunkelheit gewöhnt, aber es gelang ihr nicht auszumachen, was um sie herum los war. Als erneut etwas ihr Bein streifte und einen feuchten Film auf ihrer Haut hinterließ, rannte Rose los. Sie durchquerte die Finsternis und stolperte auf die andere Seite des Raumes, dem blassen Lichtstreifen entgegen. Panisch riss sie die Tür auf und fand sich in der Halle wieder.

Erleichtert wischte sie sich das Haar aus dem Gesicht, als das warme Licht aus dem Kamin auf die schlafenden Männer fiel. Sie hatte es geschafft. Dann sah sie an sich hinab, auf ihren Rock, ihre Hände und die blutgetränkten Schuhe. Ihr panischer Schrei riss jede einzelne Seele innerhalb der Burgmauern aus dem Schlaf.

Der nächtliche Rundgang hatte Alex nicht sehr viel Neues gezeigt. Das Castle war in einem guten Zustand, und es würde ein Leichtes sein, dem König hier eine standesgemäße Residenz zu schaffen. Schon morgen wollte er die Arbeiter in seine Pläne einweisen. Da es nun für ihn nichts mehr zu tun gab und auch die Magd, die ihm dank seiner schmerzenden Wange noch nicht aus dem Kopf ging, nicht mehr zu sehen war, kehrte er in die Halle zurück. Gerade, als er durch die Tür trat, fuhr ihm ein Schrei durch Mark und Bein. Da stand sie, die Frau, die seine Gedanken beherrschte – über und über mit Blut beschmiert, den Ausdruck blanken Entsetzens im Gesicht.

Alex rannte durch die Halle. Mit einem Satz über eine Bank war er bei ihr und fasste sie an den Schultern. Sie zitterte am ganzen Leib, und ihr Schrei wollte selbst jetzt nicht enden, als er sie schützend in seine Arme zog.

„Was ist hier los?", fuhr er die erschrockenen Männer an.

Schreckensbleiche Gesichter blickten ihm entgegen, und alle schienen zu Stein erstarrt. „Was zur Hölle ist hier geschehen!", wiederholte er seine Frage diesmal noch lauter, aber keiner antwortete ihm. Er hob Rose auf seine Arme, und sie bettete ihr blutbeschmiertes Gesicht an seine Brust. Ihre Tränen rannen über seine Haut, und Alex hatte zum ersten Mal in seinem Leben das Gefühl, hilflos zu sein. Sein Blick folgte den blutigen Fußabdrücken, die ihm zeigten, wo Rose hergekommen war. Mit einem kräftigen Tritt stieß er die Tür auf. Er hörte die Männer hinter seinem Rücken keuchen, und auch ihm selbst wich jede Farbe aus dem Gesicht. Das schwache Licht aus der Halle zeichnete ein deutliches Bild des Grauens. Jeder Zentimeter Boden war mit dunklem Blut bedeckt. Tote Hühner, aus deren abgehackten Hälsen das Blut lief, zuckten über den Boden. Das Gefieder rot verklebt, die Bewegungen ohne Leben.

Mindestens zehn derart zugerichtete Tiere lagen in der kleinen Küche verstreut.

Als die Frau in seinen Armen anfing, zu schluchzen und sich die blutigen Schuhe von den Füßen strampelte, wandte Alex sich von diesem Bild des Grauens ab.

„Beseitigt diese Schweinerei!", brüllte er und deutete auf die Hühner.

Die Männer wichen respektvoll zurück, als er mit Rose auf dem Arm aus der Halle stürmte. Immer zwei Stufen auf einmal nehmend, stieg er die Treppe zu seinen Gemächern hinauf und murmelte Rose dabei beruhigende Worte ins Haar.

Oben schloss er die Tür hinter sich mit dem Fuß, sodass die Lampen flackerten. Mit wenigen Schritten durchmaß er den Raum und stellte sie auf ihre Füße, ohne sie jedoch ganz loszulassen.

„Keine Angst, gleich ist es vorbei!", flüsterte er beruhigend, und mit einer einzigen fließenden Bewegung zog er ihr das blutbeschmierte Gewand aus. Sie leistete keinen Widerstand, als er sie erneut in seine Arme nahm, und sie langsam in den Badezuber gleiten ließ. Das Wasser war kalt, aber Rose schien das nicht zu spüren. Sie rieb sich hastig das Blut von den Händen und schrubbte ihre Füße. Tränen rannen ihr über die ebenfalls verklebte Wange, und Alex hob ihr Kinn an. Er zwang sie, ihn anzusehen.

„Beruhige dich, Rose. Du bist in Sicherheit. Alles wird gut, ich verspreche es, hörst du?"

Ihre Augen schwammen vor Tränen. Die Lippen bebten, und jede Farbe war aus ihrem Gesicht gewichen – und Alex musste sich eingestehen, dass er nie etwas Schöneres gesehen hatte. Es hatte nichts mit Wollust zu tun gehabt, als er ihr das Kleid ausgezogen hatte, aber ihr perfekter Körper war ihm dennoch nicht entgangen. Und ihr Gesicht, das bisher immer einen stolzen und eigensinnigen Ausdruck gezeigt hatte, war mit einem Mal so verändert.

Weich und einladend schienen die Lippen, die zuvor verärgert verkniffen gewesen waren. Hilfe suchend der Blick, der ihn noch vor wenigen Stunden zu erdolchen schien.

Er tauchte ein Tuch ins Wasser und tupfte damit über ihre Wange. Rose hielt still. Sie schloss die Augen, und ihr Atem wurde ruhiger. Zaghaft wusch er ihr Gesicht. Zeichnete sanft den Bogen ihrer Brauen nach, wischte behutsam über ihre vollen Lippen. Sie ließ es geschehen und vertraute sich ihm an. Sein Blick glitt über die Blutergüsse, die nun, wo sie zum ersten Mal Schwäche zeigte, dunkler wirkten als zuvor. Der Kratzer an ihrer Wange war beinahe verheilt und die Beule ebenfalls etwas zurückgegangen, aber die Prellungen an ihrem verlockenden Körper schimmerten bläulich in diesem schwachen Licht.

Schuldgefühle wallten in ihm auf, weil er sich einen Spaß daraus gemacht hatte, sie zu necken, obwohl sie bestimmt noch Schmerzen haben musste. Ihre Schönheit hatte ihm anscheinend seinen gesunden Menschenverstand geraubt. Und trotz seiner Schuldgefühle pochte seine Männlichkeit heiß in seiner plötzlich viel zu engen Hose.

Langsam wich ihre Panik einer matten Erschöpfung. Rose schloss die Augen. Sie war in Sicherheit. Alexander Hatfield hatte sie aus diesem Albtraum gerettet. Schon wieder gerettet, wie sie sich in Erinnerung rief. Träge öffnete sie die Augen.

Nur zu gerne ließ sie sich in die Sicherheit gleiten, die sein bernsteinfarbener Blick verhieß. Ein lodernder Blick, der auch noch etwas anderes versprach.

Er war so nah. Seine Hand ruhte noch immer an ihrer Wange, sein Atem strich heiß über ihre feuchte Haut, und Rose sehnte sich nach mehr. Das Grauen des Abends verblasste in der Nähe dieses Mannes, wurde verdrängt von einem mächtigen Gefühl. Sie spürte die Veränderung, die in ihr vorging. War sich bewusst, wie sich ihr Herzschlag beschleunigte, wie seine zaghafte Berührung ihr Blut erhitzte und sie vergessen ließ, was geschehen war. Dieses Gefühl – was war es? Begierde? Oder doch Furcht? Furcht davor, er könne sie verlassen und sie zurückschicken in die Einsamkeit ihrer fehlenden Erinnerungen?

Ihre Blicke trafen sich und hielten sich gefangen, als Rose sich aus dem Wasser erhob.

Sie kannte weder ihre Vergangenheit noch ihre Zukunft. Darum zählte nur das Jetzt. Alexander Hatfield war ihr *Jetzt*.

Ohne Scheu streckte sie ihm ihre Arme entgegen.

Alex ließ langsam seinen Blick über den nassen Körper wandern. Wassertropfen rannen über ihre seidenweiche Haut, perlten von dem alabasterweißen Leib ab wie von Marmor. Er wusste, es waren die Erlebnisse dieses Abends, die Rose zu ihm trieben – und ein besserer Mann, als er es war, würde ihr Trost bieten, aber er, *der Bluthund*, war eben keiner von den Guten.

Als wöge sie nicht mehr als ein Kätzchen, hob er sie an seine Brust und trug sie zum Bett, wo er mit ihr in die Kissen sank.

Er wusste nicht, warum er ein so unbändiges Verlangen nach dieser Frau verspürte, denn schöne Frauen hatte er schon viele gehabt. Nur war ihm in all den Jahren keine begegnet, die seinen Schutz so nötig hatte, zugleich aber so stark und eigensinnig war wie Rose. Ein Rätsel umgab diese Frau, nicht nur, weil er nicht wusste, woher sie kam oder was mit ihr geschehen war. Sie passte in keines der üblichen Bilder, die er von Frauen hatte. Sie war eine schlechte Magd, ungeschickt und nicht gerade ergeben – ein vorlautes Kind im Körper einer wunderschönen Frau. Aber sie war eine der Wenigen, die nicht vor Angst und Ehrfurcht erstarrten, wenn er in ihre Nähe kam. Welches Frauenzimmer wagte es schon, einen Mann des Königs zu ohrfeigen und sich diesem wenig später hinzugeben?

Die Antwort auf diese Frage lag in verführerischer Nacktheit vor ihm.

Er senkte den Kopf und legte zart seine Lippen auf ihre. Obwohl sein praller Schaft ihm den Verstand zu rauben schien, zwang er sich Zurückhaltung auf. Er würde sie die schrecklichen Geschehnisse in seinen Armen vergessen lassen.

Roses Lippen zitterten, als seine Zunge anfing, sie zu necken und Einlass in die Hitze ihres Mundes erbat. Er hatte nicht gedacht, dass ein Kuss allein wie eine Droge auf ihn wirken konnte, aber ihre zaghafte Erwiderung war köstlicher als der süßeste Wein. Seine Hände wanderten über ihre feuchte Haut, und es kam Alex vor, als hätte er noch nie etwas derart Sinnliches berührt. Ihre Haut war kalt, aber er spürte das Feuer, welches direkt unter der Oberfläche loderte. Ihr Körper war wie für seine Hände gemacht, und Rose wölbte sich seiner Berührung entgegen. Ihre Hände erkundeten zärtlich seine Brust, und Alex hatte Mühe, sich zu beherrschen. Schnell entledigte er sich seiner Hose, ohne seinen Kuss zu unterbrechen. Er wusste, am Morgen würde sie bereuen, sich ihm hingegeben zu haben, darum wollte er diese Nacht auskosten. Es war nicht das erste Mal, dass er die Schwäche anderer für sich ausnutzte, und diese Magd war einfach zu verlockend.

Seine Ungeduld niederringend, löste er seine Lippen von ihrem Mund und ließ eine Spur von Küssen über ihren Hals hinab zu ihren Brüsten folgen. Rose krallte sich in sein Haar, als er ihre rosigen Gipfel zwischen seine Zähne nahm und behutsam daran saugte. Geduldig widmete er sich erst der einen perfekten Brust, dann der anderen. Seine Zunge umkreiste die harten Knospen, bis Rose ihre Finger in das Laken grub. Sie keuchte und zog ihn näher an ihre milchweißen Hügel. Begierig nach mehr, schlang sie ihr Bein um seine Hüfte. Ihre leidenschaftliche Reaktion ließ Alex eigene Begierde ins Unermessliche steigen. Seine Männlichkeit drängte hart gegen ihre Weichheit, und jede ihrer Berührungen verbrannte ihn. Er wollte sich am liebsten tief in ihr verlieren, aber ihre vertrauensvolle Hingabe war so unwiderstehlich, dass er zuerst jeden Zentimeter ihres Körpers entdecken wollte. Die verborgene Stelle hinter ihrem Ohr ebenso wie die milchweiße Haut an ihrer Kniekehle. Seine Zunge war überall, entlockte ihr lustvolle Seufzer und heiseres Stöhnen. Sie wand sich unter ihm, drängte ihm entgegen und wimmerte vor Erregung, als seine Hände ihre Schenkel entlangglitten und ihre Beine spreizten. Mit kreisenden Bewegungen ihrer Hüften kam sie zu ihm und öffnete sich ihm. Sie grub ihre Nägel in Alex Rücken und stöhnte seinen Namen, als er seine Lippen über ihre Rippen hinab zum Bauchnabel lenkte, dort kurz verweilte und schließlich noch tiefer wandern ließ.

Rose drängte sich gegen die unbekannte Härte, die ihr dort Erlösung versprach, wo ein nie gekanntes Sehnen nach mehr verlangte. Ihr Körper gehörte ihr nicht mehr. Er war zu Wachs in Alex' Händen geworden, und es schien ihr, als forme er ihn neu. Seine Berührungen weckten Gefühle, die sie sich selbst im Traum nicht hätte vorstellen können, und sie schwelgte in dieser sich steigernden Erregung. Sie wusste nicht mehr, was sie gerade fühlte: seine Hände auf ihrer Haut, seine Zunge, die sie marterte, oder sein eisenhartes Geschlecht, welches ihr trotz der Wonne, die Alex ihr bereitete, das Gefühl von Macht über ihn gab. Er war einfach überall. Schatten und Licht verschmolzen im Flackern der Kerzen, und es gab nur sie beide. Rose wand sich unter seiner Zunge, die ihre Haut in Brand steckte und die nun unaufhaltsam tiefer glitt. Wie aus weiter Ferne hörte sie sich seinen Namen rufen, als eine ekstatische Woge der Lust sie erfasste. Seine Lippen am geheimsten Teil ihres Körpers zu spüren, ließ sie erbeben und brach ihre Welt in Millionen Teile.

Alex spürte ihren Höhepunkt an seinen Lippen, atmete tief ihren berauschenden Duft ein und sah auf sie hinunter. Ihre Brüste wippten bei jedem ihrer schnellen Atemzüge, ihre Wangen waren vor Leidenschaft gerötet, und ihre Lippen glänzten feucht von seinen Küssen. Sie öffnete die Augen und lächelte erschöpft. Sie so satt von erfüllter Lust zu sehen, war mehr, als er ertragen konnte. Ohne sie aus den Augen zu lassen, hob er ihr Becken an und hauchte einen zarten Kuss auf ihre pulsierende Mitte. Sie wollte sich ihm entwinden, war an der Grenze zwischen Lust und lustvollem Schmerz, aber er gab sie nicht frei. Rose keuchte, und er ließ ein letztes Mal seine Zunge tief in ihre feuchte Hitze gleiten, ehe er sich nicht länger zurückhalten konnte und sich über sie schob.

Kleine Beben erschütterten noch immer ihren Körper, als Alex sich auf sie legte. Sie schmeckte sich selbst in seinem Kuss, und sein pochender Schaft schob sich tief in ihre fiebrige Mitte. Sein Kuss trank ihren Schrei, und Rose verkrampfte sich.

Alex hielt inne und sah auf sie hinab. Seine Arme zitterten, und sie konnte sehen, dass es ihn beinahe umbrachte, still in ihr zu verharren. Der überraschende Schmerz ebbte ab und ihr Leib gewöhnte sich an die Härte, die sie bis zur Gänze ausfüllte. Mit jedem Atemzug, den sie reglos verharrten, baute sich eine neuerliche Welle der Lust auf und drohte, sie mit sich hinwegzureißen.

„Rose, entschuldige, ich …“, keuchte Alex und kniff seine Augen zusammen. Er wollte sich zurückziehen, aber Rose umschlang seine Hüften mit ihren Schenkeln und hob sachte ihr Becken, um die Vereinigung zu vertiefen.

„Mylord, bitte … verlasst mich jetzt noch nicht“, bat sie und zog seinen Kopf zu einem tiefen Kuss zu sich heran.

„Du weißt ja nicht, worum du bittest“, flüsterte Alex gegen ihre Lippen, und seine Stimme war dunkel vor Lust. Er umfasste ihre Brüste und schob sich langsam in sie, bis Rose glaubte zu sterben, aber, als er sich zurückzog, hob sie sich ihm willig entgegen. Wieder und wieder marterte er ihr Fleisch, und jeder seiner Stöße wurde härter.

Rose passte sich seinem Rhythmus an, und sie klammerte sich an seine Arme, als die Welt erneut drohte, sich um sie herum aufzulösen. Ihr spitzer Schrei ging in Alex' Keuchen unter, als er erstarrte und mit einem letzten Stoß in sie versank. Matt ließ er sich neben sie gleiten, ohne jedoch die intime Vereinigung zu stören.

Er stützte seinen Kopf in seine Hand und sah auf sie hinab. Rose konnte nicht umhin, den Mann zu bewundern. Seine Stärke und Kraft war deutlich in seinen ausgeprägten

Wangenknochen zu erkennen, und seine Augen waren scharfsinnig und von starken Brauen gekrönt. Nur seine Lippen machten sein Gesicht weicher. Sie hatten mit ihrem Kuss eine Leidenschaft versprochen, die Alex mit seinem Körper erfüllt hatte.

„Warum, Rose?", fragte er, und sein Blick suchte ihr Gesicht nach einer Antwort ab.

„Warum was?"

„Warum hast du dich mir hingegeben? Du warst noch Jungfrau."

Rose zuckte die Schultern. Hatte sie das überhaupt gewusst? Geahnt vielleicht, als ihr klar wurde, dass all diese Gefühle vollkommen neu waren, aber sicher gewusst hatte sie es nicht. Und wie sollte sie Alex nur erklären, was sie fühlte? Dass seine Nähe ihr Geborgenheit versprach, die sie so sehr ersehnte? Dass er ihre Gedanken beherrschte, seit sie ihn zum ersten Mal gesehen hatte? Sicher würde ein Mann wie *der Bluthund* für derlei romantisches Zeug nichts übrig haben. Sie fürchtete sogar seine Reaktion, sollte sie ihm ehrlich antworten, darum ließ sie es bleiben.

„Nun, Mylord. Ich nehme an, dass ich wohl neugierig war, wie man ein Feuer entfacht", griff Rose die Neckerei vom Nachmittag wieder auf, und Alex sattes Lachen machte sie glücklich.

„Dann lass dir gesagt sein, dass ein gutes Feuer nicht mit einmal üben entfacht wird", scherzte er und küsste ihre Schulter. „Aber ich bin gerne bereit, dir in dieser Angelegenheit zur Seite zu stehen."

Rose kicherte. „Danke, Mylord, das ist sehr großzügig. Aber da ich nun die Grundprinzipien verstanden habe, kann mir sicher auch Griffin zeigen, wie es geht."

Ein leichter Schlag auf ihre Kehrseite ließ Rose quietschen, und Alex drehte sie auf den Rücken und hielt sie unter sich gefangen.

„Wehe, ich erwische dich, wie du dem alten Griffin einen Herzinfarkt verpasst. Ich müsste ihn auspeitschen lassen, falls er sich dir nähert. Nicht nur ihn, übrigens", erklärte Alex mit befehlsgewohnter Stimme, und ein weiterer Klaps sollte Rose zeigen, wovon er sprach.

„Ihr seid verrückt, Mylord, wenn Ihr annehmt, irgendein Recht auf mich zu besitzen. Ich gehöre Euch nicht!"

„Das sehen wir noch, Rose. Und heute Nacht hast du mir gehört, also kannst du aufhören herumzuschreien und dich stattdessen etwas ausruhen. Ich gehe hinunter in die Halle und finde hoffentlich Spuren, die unsere Geister hinterlassen haben."

Damit stieg er aus dem Bett und schlüpfte in seine Hose.

Rose sah ihm nach. Es fiel ihm anscheinend außerordentlich leicht, sie nach diesem Erlebnis wieder zu verlassen. Rose schalt sich selbst einen Dummkopf, denn was hatte sie denn anderes erwartet? Einen Heiratsantrag für die verlorene Unschuld? Ein Lord und eine Magd? Nein, sicher nicht. Er hatte keinen Hehl daraus gemacht, dass er sie in seinem Bett haben wollte. Und in ihrer Schwäche hatte sie dies für Zuneigung gehalten.

„Und ich? Soll ich etwa hierbleiben, als sei ich Eure … Eure …"

„… Geliebte, Mätresse, oder vielleicht Liebchen?", schlug Alex hilfreich vor. „Da du keine ordentlichen Kleider hast, wirst du wohl zumindest so lange hierbleiben müssen, bis ich zurück bin – und wer weiß, meine süße Rose –, vielleicht willst du dann ja nicht mehr gehen."

„Verlasst Euch drauf, Mylord, ich *werde* gehen!", rief Rose dem davongehenden *Bluthund* nach, ehe sie, wütend auf sich selbst, auf die Bettdecke einschlug, während ihr verräterischer Körper seine baldige Rückkehr herbeisehnte.

Kapitel 10

Bis auf den durchdringenden Geruch nach Blut war die Küche wieder in einem ordentlichen Zustand. Die Hühner waren inzwischen gerupft und lagen zur Verarbeitung bereit. Zwei Mägde schrubbten den letzten Schmutz von den Fliesen und Wänden.

Griffin stand kopfschüttelnd an Alex' Seite.

„Es wird immer schlimmer, Mylord. Dieses Haus ist verflucht!", jammerte der alte Mann.

Alex untersuchte die Tür, durch die Rose in die Küche gekommen sein musste. Nur diesen Weg konnte der vermeintliche Geist genommen haben, denn in der Halle hatten zwei Dutzend Männer geschlafen.

„Berichte mir alles, Griffin. Wer auch immer das getan hat, wird noch bereuen, sich mit mir angelegt zu haben."

„Es ist sicher der Geist von Enrico Donovan, der nun dieses Haus unsicher macht", vermutete der Diener.

Akilah, die einzige Magd, die vom Personal der Parkers noch geblieben war, riss ängstlich die Augen auf und schrubbte eilig weiter. Kurz fragte sich Alex, ob sie wohl aufgrund ihrer Hautfarbe keine andere Anstellung gefunden hatte.

„Du leichtgläubiger Narr! Es gibt keine Geister. Es ist kein Wunder, dass die ganze Dienerschaft verrückt spielt, wenn selbst du so einen Unfug von dir gibst."

Alex deutete auf die staubigen Stufen, die Rose

herabgestiegen war. Neben ihrem kleineren Fußabdruck war deutlich ein weiterer, größerer Abdruck erkennbar. Größer – wie von einem Stiefel. „Hier hast du deinen Geist, Griffin!"

Damit griff er sich eine Laterne und folgte der Spur. Zögernd ging Griffin seinem Dienstherrn hinterher.

„Sprich weiter, Griffin. Was hat es mit dem *Geist* auf sich? Vielleicht macht sich jemand absichtlich diese Geschichte zunutze, um uns zu erschrecken."

„Nun, Mylord: Das Castle wurde von Enrico Donovan erbaut, der diesen Hafen für seine Handelsfahrten als Zwischenstation nutzte. Es hat einen unterirdischen Zugang zum Wasser, und es gibt Gerüchte, wonach es nicht nur einen geheimen Gang geben würde. Mister Parker und ich haben bereits die Küste nach Eingängen abgesucht, aber, wenn da jemals etwas war, ist es verschüttet. Immer wieder erbebt bei Sturm das ganze Haus – wir vermuten, dass dann die unterirdischen Gänge einstürzen."

Alex hatte den dunklen Flur im Obergeschoss erreicht. Hier war es nicht mehr so einfach, die Stiefelabdrücke auszumachen. Er ging auf die Knie und runzelte dabei die Stirn.

„Das würde zumindest erklären, wie jemand unbemerkt hier hereinkommen konnte."

Griffin schüttelte entschieden den Kopf.

„So einfach ist das nicht, Mylord. Der einzige, uns bekannte Zugang vom Wasser aus, führt in das Arbeitszimmer. Diese Geheimtür habe ich seit Wochen bewacht. Niemand hätte unbemerkt hereinkommen können."

Alex erhob sich und klopfte sich den Staub von der Hose. Sein Blick wanderte über die geschlossenen Türen, die von diesem Flur abzweigten. Er befand sich hier in einem Flügel des Hauses, in dem früher Gäste untergebracht wurden. Die Treppe war eine Dienstbotentreppe zur Küche, über die Speisen direkt in die Gemächer gebracht werden konnten. Er schritt die Türen ab. Die Spur der Stiefelabdrücke verlor sich hier, aber etwas anderes hatte seine Aufmerksamkeit erregt. Er bückte sich.

„Irgendjemand *ist* hier hereingekommen, Griffin!", berichtigte er den Diener und hielt ihm seine Fingerspitze unter die Nase. Blut klebte an Alex Fingern. „Die Hühner haben sich nicht selbst die Köpfe abgeschlagen."

Griffin wurde blass, aber Alex schien zufrieden.

„Zeige mir den Geheimgang. Vielleicht finde ich dort einen Hinweis."

Ein zaghaftes Klopfen an der Tür ließ Rose verschlafen die Augen öffnen. Die Sonne schien durch die burgunderfarbenen Vorhänge und färbte damit den Raum in einem satten Rot.

Himmel!, war sie tatsächlich im Bett *des Bluthundes* eingenickt? Sie hatte doch nur ganz kurz die Augen geschlossen, um zu überlegen, wie es nun weitergehen sollte. Anscheinend hatten die Erlebnisse ihren Tribut gefordert und sie war eingeschlafen. Dass sie matt vor Lust kaum mehr in der Lage gewesen war, die Augen offen zu halten, wollte Rose sich lieber nicht eingestehen. Schnell raffte sie sich die Decke an die Brust, stellte aber erleichtert fest, dass sie allein war. Denn was hätte sie zu Alex sagen sollen, nach all dem, was sie miteinander erlebt hatten. Was würde er nun von ihr erwarten? Zum Glück war er nicht hier, denn sie musste dringend Ordnung in ihre Gedanken und Gefühle bringen. Sie musste hier raus, ehe er zurückkam.

Wieder klopfte es.

„Ja, bitte?", fragte Rose und wartete gespannt auf Antwort. Zögerlich öffnete sich die Tür, und Lorna steckte ihren Kopf herein.

„Rose? Himmel, was tust du hier?", rief die Magd und eilte in den Raum.

„Ich halte ein kleines Schläfchen – was denkst du denn?", fuhr Rose Lorna gereizt an. „Schnell, bring mir ein Kleid, ehe Lord Hatfield zurückkommt!"

„Zurückkommt? Was soll das heißen? … Warst du etwa die ganze Nacht hier? Bei ihm?"

Rose hatte genug von Lornas Begriffsstutzigkeit. Sie wickelte sich in die Decke und kletterte aus dem Bett.

„Natürlich! Denkst du, ich habe mich hier hereingeschlichen, weil sein Bett so viel gemütlicher ist als meines? Hast du denn nicht mitbekommen, was gestern geschehen ist?"

Rose hob mit spitzen Fingern ihr Gewand vom Boden auf. Angeekelt verzog sie den Mund, als sie sah, wie beschmutzt es war. Das war keine Alternative.

„Nun lauf schon und bring mir ein Kleid, Lorna!" Sie schob die Magd zur Tür hinaus und lehnte sich mit dem Rücken dagegen.

Ein fremdartiger Fluch kam ihr über die Lippen, und Rose erstarrte. Was? Hatte sie eben wirklich italienisch gesprochen? Aus welchem Winkel ihres Gehirns war das gekommen? Sie versuchte, den Fluch zu wiederholen, aber es gelang ihr nicht. Frustriert stapfte sie mit dem Fuß auf. Ihr Leben war wirklich furchtbar kompliziert. Und die letzte Nacht hatte das alles nicht leichter gemacht. Wenn sie zusammenfasste, was sie bisher über sich herausgefunden hatte, dann ergab kaum noch etwas einen Sinn.

Ihr Name war Rose, sie hatte einen Vater, aber ganz offensichtlich keinen Ehemann, da sie bis vor wenigen Stunden noch Jungfrau gewesen war. So viel also zu ihrer Befürchtung, ein lockeres Mädchen zu sein. Sie fluchte auf Italienisch, wusste aber nicht, wie sie dazu kam. Und in all diesem Durcheinander ging ihr eine Sache nicht mehr aus dem Kopf: dieser vermaledeite *Bluthund*. Dabei war es für ihn sicher nichts Besonderes, eine Magd in sein Bett zu holen – war er ja sogar so weit gegangen, dies von ihr für ihre Rettung zu verlangen. Trotz der herrlichen Erinnerung an die letzte Nacht ärgerte sich Rose darüber, dass Alex schließlich als Sieger aus dieser Angelegenheit hervorgegangen war, ja, sie ihm diesen Sieg sogar geschenkt hatte. Aber wenn er dachte, dies würde sich wiederholen, dann hatte er sich getäuscht.

Ein Rütteln an der Tür ließ Rose zusammenzucken, und sie schluckte die kurz aufflackernde Enttäuschung hinunter, als sie sah, dass es nur Lorna war, die eintrat.

Lorna reichte ihr ein Gewand, welches genauso hart und kratzig war wie ihr altes, und Rose schnaubte unzufrieden, als sie es sich über den Kopf zog. Die Neugier der Magd war nicht zu übersehen, aber sie fragte nicht. Ein Blick auf das blutige Laken bestätigte ihre Vermutung, und Rose sah keine Veranlassung, sich zu erklären. Was hätte sie auch sagen sollen? Dass sie die Nähe von Alexander Hatfield gesucht hatte? Sich in ihrer Schwäche nach seiner Berührung gesehnt hatte?

Nichts davon ging Lorna etwas an, und so band Rose schweigend ihr Haar zusammen und schlüpfte in die etwas zu engen Schuhe, die Lorna ihr mitgebracht hatte.

„Weißt du, wo er ist?", fragte Rose, um Gleichgültigkeit

bemüht, auch wenn sie nicht recht wusste, was sie mehr fürchtete: seine Rückkehr oder die Tatsache, dass er nach seinen Erkundungen nicht zu ihr zurückgekommen war.

„Nein, aber es wird Zeit, hier für Ordnung zu sorgen und mit der Arbeit zu beginnen. Und mit etwas Glück laufen wir ihm dabei nicht über den Weg."

Sogleich machte Lorna sich daran, das Bett abzuziehen, und bedeutete Rose, das schmutzige Wasser aus der Wanne zu schöpfen.

Obwohl Rose selbst nicht gerade gut auf Alex zu sprechen war, mochte sie nicht, wie selbstverständlich Lorna in ihm nur das Schlechte sah.

„Er ist nicht so übel, wie du denkst", sah sie sich deshalb gezwungen, ihn zu verteidigen, aber Lorna hob ungläubig die Augenbraue.

„Ach nein? Vielleicht bist aber auch du keinen Deut besser als er, und daher fällt dir das nicht auf. Bilde dir nur nicht ein, etwas Besonderes zu sein, nur weil er dich in sein Bett geholt hat. Alle Welt weiß, dass er eine Geliebte in London hat, die nicht nur wunderschön, sondern auch noch reich ist. Er hat dich benutzt, mehr nicht."

Die Magd verschwand unter einem Berg von Kissen, die sie aufschüttelte, und Rose versuchte, den Schmerz, den Lornas Worte verursachten, niederzuringen.

„Er hat mich getröstet!", widersprach sie trotzig.

„Nenn' es, wie du willst, aber er ist nicht der erste Herr, der seine Position ausnutzt, um seine Gelüste zu befriedigen. Und du bist nicht die Erste, die ihre Schenkel spreizt, um es sich bequemer zu machen", sagte Lorna unversöhnlich, ehe sie mit einem Berg an Laken aus dem Raum eilte und Rose mit dem Badezuber voll schmutzigem Wasser zurückließ.

Den ganzen Tag hatte Alex damit zugebracht, die Arbeiten am Castle in die Wege zu leiten. Den Verwalter hatte er zu seinem Ärger noch immer nicht zu Gesicht bekommen, und auch dessen Schwester Anna hatte ihre Gemächer heute noch nicht verlassen, das wusste er von der afrikanischen Dienerin. Nun wurde an allen Ecken und Enden gebaut, und Alex fand endlich Zeit, den Geheimgang den Griffin ihm gezeigt hatte zu untersuchen, der sich hinter einem zur Seite klappenden Bücherregal im Arbeitszimmer befand. Fasziniert folgte er dem finsteren Gang abwärts. Feuchte, muffige Luft schlug ihm entgegen und ließ seine Laterne flackern. Die Steine unter seinen Füßen waren glitschig, und jeder Schritt hallte laut von der gewölbten Decke wider.

Griffin beeilte sich, zu ihm aufzuschließen, nachdem sich das Bücherregal mit einem dumpfen Geräusch wieder an seinen Platz geschoben hatte.

„Mylord, hätten wir nicht den Mechanismus suchen sollen, der die Tür von hier aus öffnet?", fragte er unsicher.

„Du hast gesagt, der Gang führe hinunter bis zum Wasser. Wenn dem so ist, dann können wir ebenso gut diesen Ausgang benutzen."

Alex war beeindruckt von diesen unterirdisch angelegten Gängen. Es musste unheimlich aufwendig gewesen sein, diese Stollen in den Fels zu treiben. Vor ihnen teilte sich der Weg, aber der rechte Gang wurde schon nach wenigen Metern von einem rostigen Gitter versperrt. Mehrere Nischen und Gewölbe waren dahinter zu sehen. Alex rüttelte an den Stäben, aber sie rührten sich nicht.

„Hier muss Donovan seine Waren versteckt haben",

murmelte er. „Aber dieses Gitter lässt sich nicht öffnen."

Er hob seine Laterne, aber der schwache Lichtschein reichte nicht aus, die hintere Wand des Gewölbes zu beleuchten. „Es muss einen anderen Eingang geben – einen weiteren Gang."

Ein dunkler Schatten huschte über den Boden.

„Was war das?", rief Griffin und machte einen Satz zurück.

Kopfschüttelnd ging Alex den Hauptweg weiter.

„Eine Ratte, Griffin, nur eine Ratte – und nun komm!"

Hinter der nächsten Biegung zweigten weitere Wege ab, die aber von herabgestürzten Steinen verschüttet waren. Alex räumte einige der großen Brocken beiseite, aber es stürzten sogleich neue Felsen nach.

„Die Wände sind feucht. Es scheint, als dringe das Wasser bei Flut bis in diesen Bereich vor. Das muss die Gänge hier zum Einsturz gebracht haben."

Er ging weiter, und tatsächlich kam hinter der nächsten Windung schon das Wasser in Sicht. Tageslicht brach sich in den heranspülenden Wellen und schillerte auf den grünlichen Algen.

„Und nun, Mylord?"

„Nun suchen wir den Mechanismus, der uns ins Arbeitszimmer zurückbringt. Dieser Geheimgang ist zwar sehr interessant, aber leider nicht so ergiebig, wie ich gehofft hatte. Hier unten gibt es nichts, was unsere *Geister* erklären würde."

Es war bereits Abend, als die beiden Männer schließlich wieder durch die verborgene Öffnung ins Arbeitszimmer traten.

Mit einem Blick auf den verängstigt wirkenden Griffin goss Alex zwei Gläser Rum ein und reichte eines an den

Diener weiter.

„Ich werde weiterhin einen Wachmann vor dieser Tür postieren, aber, wenn ich bedenke, wie schwer wir uns getan haben, den Hebel zu finden, der das Regal zur Seite bewegt, glaube ich nicht, dass jemand auf diesem Weg in die Burg gekommen ist."

Dem konnte Griffin nur zustimmen.

„Vielleicht stellen wir die falschen Fragen", überlegte Alex laut. „Nicht *wie* jemand hereinkam, ist die Frage, sondern *warum*!" Er runzelte die Stirn und ließ seinen Blick über die Buchrücken im Arbeitszimmer wandern.

Da es ihm im Moment nicht möglich war, mehr über die Katakomben herauszufinden, würde er die Antwort darauf in Donovans Papieren suchen.

Griffin, der sein Glas inzwischen geleert hatte und sich wieder besser zu fühlen schien, seit er zurück in seinem sicheren Refugium war, wollte gerade aufstehen, um an seine Arbeit zurückzukehren, als Alex eine Frage einfiel.

„Wann haben diese Zwischenfälle denn begonnen?"

Griffin überlegte.

„In der ersten Zeit nach Lord Donovans spurlosem Verschwinden herrschte zwar große Aufregung im ganzen Haushalt, aber, da der König Mister Parker zum Verwalter ernannte und dieser ja schon einige Monate hier verbracht hatte, fanden alle recht schnell wieder zu ihrer Routine zurück. Wir waren es gewöhnt, dass Lord Donovan mehr Zeit auf See denn hier verbrachte", erklärte Griffin. „Aber als der König vor einigen Monaten herkam, um nach dem Rechten zu sehen, fand er Gefallen an dem Castle. Er erklärte Enrico Donovan für tot und konfiszierte das Anwesen. Miss Parker hat tagelang geweint und sich in ihrem Gemach eingeschlossen. Etwa zu dieser Zeit fing der ganze Spuk an."

„Danke, Griffin. Eine letzte Sache noch: Lass bitte in meinem Gemach einen Tisch für zwei decken. Ich erwarte Damenbesuch."

Rose saß neben Lorna und Akilah in der Halle und schlief beinahe über ihrem Eintopf ein. Sie war vollkommen erschöpft und spürte jeden Knochen im Körper. Ihre Prellungen taten bei jeder Bewegung weh, und die anstrengende Arbeit in der Küche hatte ihre letzten Kräfte geraubt. Dieser stickige Raum, die schweren Töpfe und Säcke mit Lebensmitteln und die Hektik machten anscheinend den anderen Frauen nichts aus. Sie lachten beim Zwiebelschneiden, während Rose kurzzeitig sogar in den Kräutergarten floh, um dem scharfen Aroma zu entkommen. Dort jedoch stellte sie fest, dass sie ohne Akilahs Hilfe kaum eine Gewürzpflanze von der anderen unterscheiden konnte. Schließlich hatte Lorna ihr sogar vorgeworfen, sich absichtlich vor der Arbeit zu drücken, was die ohnehin schon angeschlagene Stimmung zwischen ihnen noch weiter getrübt hatte. Anscheinend hatte Lorna auch nichts Besseres zu tun gehabt, als ihre *Liebelei* mit dem *Bluthund* zum Gesprächsthema Nummer eins zu machen. Etliche der Mägde mieden sie nun und tuschelten hinter vorgehaltener Hand. Und die Männer warfen ihr ziemlich unangenehme Blicke zu.

Rose wischte mit dem Brot den letzten Rest Eintopf aus ihrer Schale und schleppte sich in die Küche.

„Warte, ich komme mit dir", wisperte Akilah und folgte ihr.

Berge von Geschirr türmten sich am Spülbecken, und die

beiden Frauen seufzten. Lorna, die nun ebenfalls hereinkam, warf Rose sogleich einen Lappen zu.

„Weil du heute Morgen als Letzte zur Arbeit erschienen bist, ist das wohl deine Aufgabe."

Gerade wollte Rose protestieren, als sich die Tür erneut öffnete und Griffin eintrat.

„Eine von euch muss für Lord Hatfield ein Essen richten."

Lorna hob sogleich abwehrend die Hände.

„Ich nicht! Das kann Rose machen – sie scheint ja gerne in seiner Nähe zu sein."

„Wie kannst du es wagen!", rief Rose, die sich ärgerte, wie die einst so hilfsbereite Lorna ihre Beziehung zu Alexander Hatfield aufbauschte.

„Hört sofort auf zu keifen – alle beide!", rief Griffin und drückte Rose ein Tablett in die Hand. „Nimm zwei Teller, er erwartet einen Gast", befahl er und stellte eine Flasche Wein dazu.

Lorna schnaubte verächtlich, als sie sich den Spüllappen griff. „Dann wirst du wohl sicher nicht wieder herunterkommen, um dich dem Abwasch zu widmen, richtig?", keifte sie.

„Keine Sorge, ich übernehme das", bot Akilah an und griff sich den ersten Topf. Mit Lornas bösem Blick im Rücken balancierte Rose das voll beladene Tablett aus der Tür und schluckte ihre Erwiderung hinunter.

Bereits nach wenigen Stufen schmerzten ihre Arme unter der Last. Sie stöhnte unter dem Gewicht und beschleunigte ihre Schritte. Sie wusste, sie konnte das Tablett nicht mehr lange halten. Aber vor Alexanders Gemach erwartete sie schon das nächste Problem. Sie hatte keine Hand frei, die Klinke zu drücken. Was nun? Sollte sie rufen? Was tat sie sonst in so einer Situation? Warum war ihr dies denn alles so fremd? Schließlich trat sie einfach mit dem Fuß kräftig gegen die Tür und hoffte, er möge ihr öffnen. Und zwar schnell, denn das Tablett zitterte schon gefährlich.

Alex sah verwundert auf die große Standuhr. Sein Gast war zu früh. Er tupfte sich den Rasierschaum aus dem Gesicht und schlüpfte schnell in sein Hemd. Das Klopfen wurde lauter – ja, unhöflich.

Er öffnete, und im nächsten Moment stieß ein Tablett gegen seine Brust. Eine Weinflasche ergoss ihren roten Inhalt über ihn, begleitet von einer Flut italienischer Worte. Er rettete das Tablett davor, denselben Weg zu nehmen wie die Flasche.

„Rose, meine Liebe – normalerweise nehme ich das Essen und den Wein hier drüben am Tisch." Er wollte ihr das Tablett zurückreichen, aber Rose verschränkte die Arme vor der Brust und ignorierte dies.

„Wirklich?", fragte sie mit vor Ironie triefender Stimme. „Tja, ich hatte angenommen, Ihr wolltet Euer Hemd modisch aufwerten – immerhin ist Rot in London *die* Farbe der Saison!"

Ihre schlagfertige Antwort ließ ihn in schallendes Gelächter ausbrechen, während er das Tablett mit dem Essen auf den Tisch stellte. Er konnte sehen, dass sie am liebsten vor Wut mit dem Fuß aufgestampft hätte.

„Rose, Liebes, woher willst du wissen, was in London Mode ist? Ich hörte, sich Wein von einer schönen Frau von der Brust lecken zu lassen, wäre gerade bei den Herren sehr angesagt, wenn du also willst …", schlug er süffisant lächelnd vor und schlüpfte aus dem nassen Hemd.

„Ihr seid verrückt, wenn Ihr denkt, mich mit diesem …
diesem romantischen Essen …" Rose deutete verächtlich
auf die Teller. „… wieder in Euer Bett locken zu können."

Alex stutzte. Sie nahm an, das Essen war für sie gedacht?
Aber Rose war einfach zu verlockend, als dass er sie über
ihren Irrtum aufklären würde. Stattdessen schloss er die Tür
und lehnte sich mit dem Rücken dagegen. Ihre Augen
wurden groß – sie hatte bemerkt, dass sie in der Falle saß,
und Alex genoss den Anflug von Unsicherheit.

„Tatsächlich wunderte ich mich bei meiner Rückkehr,
dich dort nicht immer noch vorzufinden", überging er ihre
Zurückweisung.

„Ihr seid nicht zurückgekommen", erinnerte ihn Rose
schnippisch.

„Doch – vor etwa einer Stunde."

„Hattet Ihr etwa gedacht, ich würde den ganzen Tag auf
Euch warten? Wer hätte meine Arbeit verrichten sollen?
Denkt Ihr nicht, die letzte Nacht hätte mir nicht so schon
genug Ärger eingebrockt?"

Alex runzelte die Stirn und bückte sich nach der
Weinflasche. Er goss den letzten Schluck in eines der
Gläser und reichte es Rose, ehe er sich selbst einen Scotch
nahm.

„Was meinst du damit? Ich hatte gesagt, du sollst dich
ausruhen – und das auch so gemeint. Es sind genug andere
hier, die nicht mit Blutergüssen und Kratzern übersät sind."

„Niemand außer Euch und Lorna hat meine
Verletzungen gesehen, Mylord. Ihr könnt mir glauben, das
Mitgefühl für die *Fremde*, die sich schon in der ersten Nacht
in das Bett des Dienstherrn verirrt, hält sich in Grenzen."

Rose trat an die Tür, aber Alex verstellte ihr den Weg. Er
fasste sie an der Schulter und dirigierte sie an den Kamin,
wo er sie in einen Sessel zwang.

„Es tut mir leid, Rose. Ich wollte dir gestern nur helfen. Du warst so verloren, und …"

„Ihr habt mir geholfen, Mylord. Ihr habt mich auf … wirklich angenehme Weise von meinen Sorgen abgelenkt, aber wie Ihr Euch denken könnt, sind sie dadurch nicht geringer geworden." Rose schloss für einen Moment die Augen, als versuche sie, Bilder vor ihrem inneren Auge heraufzubeschwören. „Wenn ich doch nur wüsste, wer ich bin …"

Alex setzte sich auf den Boden zu ihren Füßen und neigte den Kopf, um ihr in die gesenkten Augen sehen zu können.

„Nicht alles ist leichter, nur weil man weiß, wer man ist – und wenn alle Welt glaubt, einen zu kennen. Du bist Rose, eine hübsche, mutige und … leidenschaftliche Frau. Du hast Witz, aber leider keinerlei Geschick beim Feuermachen. Deine Ohrfeige hat ordentliche Kraft, und die Magie deines Körpers hat mich gestern dazu verleitet, meinem Verlangen nachzugeben."

Alex hob ihr Kinn an und lächelte. „Wenn dies alles ist, was du über dich weißt, so sind es wenigstens wunderbare Dinge. Für mich wird niemand ein freundliches Wort finden. Was denkst du, ist besser, Rose?"

Sie musste lächeln. Seine Worte hatten eine unleugbare Logik, auch wenn ihr auf Anhieb etliches einfiel, das Alex schmeicheln würde. Sie griff nach seiner Hand, weil sie nicht wollte, dass er die Berührung beendete, und schmiegte ihre Wange in seine Handfläche.

„Nun, für Euer Alter habt Ihr einen beeindruckenden

Körper, Mylord, und Ihr versteht es, ein wirklich ordentliches Feuer zu entfachen", scherzte Rose und deutete auf den brennenden Kamin.

„Für mein Alter?", spielte Alex den Entrüsteten. „Was bitte meinst du damit?"

Rose kicherte und hielt sich die Hand vor den Mund. Sie fühlte sich rundum wohl. Das Feuer wärmte sie, und ihre Müdigkeit war in Alex' Nähe wie weggeblasen. Sie sehnte sich nach seiner Berührung, und irgendetwas tief in ihrem Herzen sagte ihr, dass es ihm ebenso erging.

„Ihr müsstet etwa im selben Alter wie mein Bruder sein, Mylord – und der setzt langsam Speck an", erklärte sie.

Alex lachte, zog sie zu sich auf den Boden und küsste ihre Nasenspitze.

„Dein Bruder? Du erinnerst dich?"

Rose grinste bis über beide Ohren. „Nein, nicht wirklich, aber ist es nicht wunderbar, dass ich einen Bruder habe?"

„Er wird mich doch hierfür nicht fordern?", fragte Alex und senkte seine Lippen auf ihre. Rose erwiderte seinen Kuss und fuhr ihm mit ihren Händen durchs Haar. Würde ihr Bruder etwas gegen Alex einzuwenden haben? Vielleicht hatte Alex recht, und es war besser, nicht alles zu wissen.

Kapitel 11

Italien

Die kleinen Tische des Restaurants gegenüber dem Theater waren gut gefüllt. Der köstliche Duft nach Rosmarin und Oregano aus der Küche und die sanfte Meeresbrise, die hier so nah am Strand für ein angenehmes Klima sorgte, lockten die Gäste an.

Logan schwenkte den Kelch mit dem Wein und genoss das Bouquet. Seine Zunge sondierte die einzelnen Aromen, und er verglich diesen Wein im Geiste mit seinem eigenen. Seine erste eigene Ernte war gerade gekeltert und an die Mitglieder seines Herrenclubs in London verteilt worden. Nur wenige seiner Freunde wussten, dass es sein Wein war, der ihnen so rund und voll über die Zunge ging.

„Die Vorstellung ist bald aus. Dann werde ich mir diesen Moretti vorknöpfen", drohte Devlin. Sein Blick brannte sich in die Tür des kleinen Theaters, und Logan war froh, nicht in der Haut des Dichters zu stecken.

„Denkst du, sie ist bei ihm?", fragte er.

Devlin schüttelte den Kopf.

„Wir sind geritten wie der Teufel – Rose hätte dieses Tempo nicht halten können", gab er zu bedenken.

„Hätten wir ihr dann nicht irgendwo unterwegs begegnen müssen, Dev?", zweifelte Logan. „Was, wenn wir diesen Weg ganz umsonst auf uns genommen haben?"

„Keine Sorge, Logan. So, wie die Kleine dort drüben dich mit ihren Blicken verschlingt, war der Weg zumindest für dich nicht ganz umsonst. Ich schätze, sie wird dich für deine Mühen entlohnen."

Logans Blick folgte Devlins und wanderte weiter über die schlanke Gestalt der Kellnerin, die ihm ein aufreizendes Lächeln schenkte.

„Sie ist nett", stimmte er Devlin zu, ohne seine Betrachtung zu unterbrechen. Er war diesen Blick gewohnt. Logan wusste, welche Wirkung er auf das andere Geschlecht hatte, aber er war an kurzen Affären eigentlich nicht interessiert. Seit Jahren teilte er das Bett mit seiner Mätresse Melissa, deren sanftes Wesen er schätzte, besonders, weil sie keine Ansprüche an ihn stellte. Er wusste, Melissa liebte ihn und hoffte immer noch, er würde irgendwann seine Gefühle für Roxana, die Frau seines Bruders überwinden und sich ihr zuwenden.

Logan rief die Kellnerin zu sich. Sie beugte sich seitlich zu ihm herunter und offenbarte ihm einen Blick auf ihre vollen Brüste. Wie zufällig streifte ihre Hüfte seinen Arm.

„Mylord. Welche Wünsche kann ich Euch erfüllen?"

Er war längst über Roxana hinweg. Tatsächlich hatte er *jedes* zärtliche Gefühl tief unter seiner Enttäuschung vergraben und würde sich nie wieder so demütigen lassen. Melissa hoffte vergeblich – ihre Zeit lief bereits ab.

Logans Augen ruhten in dem Tal zwischen den Brüsten der Kellnerin, und es war Devlin, der antwortete.

„Mein Freund sucht ein Bett für die Nacht."

Damit erhob er sich, warf eine Münze auf den Tisch und ging in Richtung des Theaters davon, aus dem nun eine Schar von Zuschauern strömte.

Devlin trat durch die Tür aus dem gleißenden Abendlicht in die beinahe bedrückende Dunkelheit des Theaters. Seine Augen brauchten einen Moment, sich daran zu gewöhnen. Es roch nach Tabak und Holz und nach muffigen Vorhängen.

Das Bühnenbild zeigte einen Hafen und eine tief stehende Sonne, die, von Schnüren gehalten, wohl im Meer versinken konnte.

„Die Vorstellung ist beendet", schallte es aus dem Schatten der Kulisse. „Die nächste Vorstellung findet morgen statt."

„Ich bin nicht wegen der Vorstellung hier!", rief Devlin und suchte den Mann, der zu der Stimme gehörte.

Mit einem leisen Knarren drehte sich die Kulisse und verwandelte sich in das Boudoir einer Dame. Große Spiegel, Kerzen, samtene Bettvorhänge und unzählige Tiegel und Fläschchen. In den goldenen Kissen lag ein Mann.

„Weswegen dann?", fragte er und erhob sich langsam. In seinen Händen ein blutiger Dolch.

Devlin trat einen Schritt zurück und spannte sich an.

„Keine Sorge. Das ist nur eine Requisite – kein echtes Messer, kein echtes Blut. Ich bin Lorenzo Moretti. Was führt Euch in mein bescheidenes Reich?"

Devlin musterte sein Gegenüber und entspannte sich. Er musste sich ein Lächeln verkneifen, denn es war ganz eindeutig, dass Rose diesen Mann niemals heiraten würde. Er war schlank und wirkte beinahe feminin. Seine klare Stimme hatte einen angenehmen Klang, welcher die Direktheit in seinem Blick unterstrich.

„Halt, sagt es nicht! Lasst mich raten." Lorenzo kam näher und umrundete ihn. Devlin spürte beinahe, wie Lorenzos Blick über ihn glitt, und er trat einen Schritt zurück.

„Eure Augen sind dunkel wie die Nacht – erst einmal ist mir jemand mit so einem inspirierenden Blick begegnet. Ihr müsst ein Windham sein, richtig? Gehört Ihr zu Signora Rose?"

„Sie ist meine Schwester, und ich bin auf der Suche nach ihr. Sie ist nicht zufällig bei Euch?"

Lorenzo lächelte.

„Natürlich. Wie konnte ich hoffen, Ihr wäret meinetwegen hier?" Ein kurzer Schatten huschte über Lorenzos Gesicht. „Die schöne Signora – sie ist also verschwunden?"

„Wir dachten, sie wäre zu Euch zurückgekehrt." Devlin sah ihm ins Gesicht. „Ihr müsst wissen, sie liebt Euch", gestand Devlin.

Lorenzo nickte.

„Das tun sie alle. Sie lieben meine Worte, sie lieben die Vorstellung von Liebe, die damit einhergeht, und sie lieben die Freiheit, die meine Gedichte beherrscht. Aber keine Sorge. Dies ist zumeist nur von kurzer Dauer. Wenn sie erkennen, wie viel ihnen das wahre Leben bietet, vergessen sie mich und meine Poesie wieder. Nichts ist von Dauer …" Er sah Devlin an und lächelte bedauernd, „außer … *wahre* Liebe."

Kapitel 12

Bristol

Die Flammen im Kamin waren beinahe heruntergebrannt. Der Schweiß auf ihren Körpern war getrocknet, und Rose kuschelte sich in seinen Arm. Sie hatte ihre Augen geschlossen, aber Alex wusste, dass sie wach war. Im Schein der rötlichen Glut schimmerte ihre Haut golden, und er gab der Versuchung nach, ihre Schulter zu küssen und ihren Duft in sich aufzunehmen. Ihr Haar kitzelte seine Brust, und, obwohl sie sich gerade erst geliebt hatten, erwachte seine Männlichkeit zu neuem Leben. Sie reizte ihn wie noch nie etwas zuvor. Sein Interesse an ihr ging weit über einfaches Begehren hinaus. Es musste an dieser Aura des Geheimnisvollen liegen, die sie umgab. Allein ihr Anblick reichte aus, sein Verlangen zu wecken. Unter ihrem groben Gewand verbarg sich eine mystische Schönheit. Unwillkürlich stellte er sich vor, wie sie in einem Abendkleid wirken mochte. Sie würde alle anderen Frauen in den Schatten stellen, und die Männer würden sich um sie scharen. Fast ein wenig erleichtert wanderte sein Blick zu ihrem formlosen Gewand. Zum Glück musste er nicht herausfinden, ob sie in einem Ballsaal voll namhafter Bewunderer immer noch ihn erwählen würde.

Als gehöre sie ihm, drehte er Rose auf den Rücken und rollte sich auf sie.

Ein erschütterter Schrei ließ ihn erstarren, und Rose, die erschrocken den Kopf hob, stieß hart gegen seine Brust.

„Himmel, Hatfield! Was geht hier vor?", kreischte es von der Tür her. Alex sprang mit einem Fluch auf und zog Rose mit sich auf die Füße. Seine Verabredung hatte er vollkommen vergessen. Er stellte sich vor Rose, um sie vor den neugierigen Blicken von Anna Parker und ihrem Begleiter zu verbergen.

„Was hier vorgeht?" Alex Stimme war gefährlich leise. „Es sieht so aus, als hättet Ihr vergessen anzuklopfen!" Die Wut, die ihm im Gesicht stand, ließ die Parkers blass werden.

„*Niemand* betritt mein Gemach *ohne meine Aufforderung*!", brüllte er.

„Könnt Ihr nicht Eure Blöße bedecken, Mylord?", bat Parker, dem die Situation mehr als unangenehm war, aber Alex rührte sich nicht von der Stelle.

„Gefällt Euch etwa nicht, was Ihr seht? Dann schließt gefälligst die Tür und wartet im Arbeitszimmer auf mich!", befahl Alex wütend.

„Thomas, lass uns gehen! Ich brauche mein Riechsalz. Was für eine Ungeheuerlichkeit!", flüsterte Anna und floh mit raschelnden Röcken aus dem Raum. Ihr Bruder wollte ihr folgen, aber Alex rief ihn zurück.

„Mister Parker – das Arbeitszimmer war kein Vorschlag, sondern ein Befehl. Ich erwarte Euch und Eure Schwester in einer Stunde dort. Und nun … schließt die Tür! Ihr stört!"

Als die Tür zuschlug, rannte Rose zu ihrem Hauskleid. Schnell zog sie es sich über den vor Verlegenheit roten Kopf.

„Wie schrecklich! Ich könnte sterben! Diese … diese zwei haben uns gesehen!", fluchte Rose, während sie an ihrem Kleid herumnestelte.

„Brauchst du auch Riechsalz?", witzelte Alex und trat zu ihr. Er umfasste ihre schmale Taille und zog sie an sich. Als sie ihr Gesicht hob, um ihn ansehen zu können,. streifte er mit seinen Lippen sanft über ihren Mund. Rose versuchte, ihn fortzustoßen.

„Lasst das! Macht es Euch etwa nichts aus, dass … dass … nun …?"

Seine Hände auf ihrer Taille hielten sie an seinem Körper gefangen.

„Wenn du meinst, dass sie uns nackt gesehen haben, dann macht mir das nichts aus. Ihre Meinung interessiert mich nicht, Rose. Ich bin nicht hier, um mir Freunde zu machen. Wenn ich ihnen später befehle zu vergessen, was sie hier gesehen haben, dann *werden sie das tun*."

„Weil Ihr der grausame und gnadenlose *Bluthund* seid?", fragte Rose und fürchtete beinahe seine Antwort.

Alex neigte abwägend den Kopf. Seine Hand war ihren Rücken hinauf, bis in ihren Nacken gewandert. Er zwang Rose, ihm in die Augen zu sehen.

„Weil sie Angst davor haben herauszufinden, wie grausam und gnadenlos ich wirklich bin."

„Das ist doch Unsinn!", widersprach Rose, obwohl sie ihm beinahe glaubte. Sie hatte Alex nie grausam erlebt, aber was bedeutete das schon?

Sein Blick brannte sich in ihren.

„Die Menschen tun, was ich von ihnen verlange, Rose. Immer." Seine Hand wanderte an ihre Kehle, wo ihr Puls raste. Er musste bemerken, wie sich dieser bei seiner Berührung beschleunigte. Er forderte sie heraus, das wusste sie – aber sie konnte ihn nicht schon wieder gewinnen lassen.

„Ich nicht!", widersprach Rose daher atemlos.

Alex lachte sein magisches Lachen, und seine andere Hand schob ihr Gewand nach oben. Gnadenlos.

„Zieh dich aus!", flüsterte er in ihr Ohr – und sie tat es.

Als Alex später am Abend in sein Arbeitszimmer trat, sah er sich den verschlossenen Gesichtern der Parkers gegenüber. Unbeeindruckt zog er die Klingelschnur und setzte sich in den Sessel des Hausherrn.

„Mister Parker, der König wird es zu schätzen wissen, dass Ihr Euch endlich herbequemt habt. Darf ich erfahren, wo Ihr in den letzten beiden Tagen wart?"

Anna schnappte aufgrund seines schroffen Tons nach Luft, aber Thomas legte ihr beruhigend die Hand auf den Arm.

„Natürlich, Mylord. Eigene Nachforschungen führten mich in den Norden. Ich bedauere sehr, nicht schon früher …"

Griffin trat ein, ein Tablett mit Gläsern und Brandy sowie einer Tasse Tee für die Dame in den Händen.

„Und haben Eure Nachforschungen etwas ergeben?", unterbrach Alex ungeduldig. Ihm entging Parkers kurzes Zögern nicht, ehe dieser antwortete.

„Nein, die Sache verlief sich im Sand. Leider …"

„Gut. Dann übernehme nun ich die Angelegenheit. Ich erwarte, dass Ihr und Eure Schwester mir von nun an jederzeit für Fragen zur Verfügung steht."

Beide sahen betroffen zu Boden, auch wenn Annas gerader Rücken ihren Widerwillen erkennen ließ.

„Da fällt mir ein, Mister Parker, gibt es Aufzeichnungen über die Katakomben? Eine Karte oder einen Hinweis über weitere Eingänge?"

Anna riss erschrocken die Augen auf, und Thomas wurde blass.

„Welche Katakomben?", fragte er.

„Haltet mich nicht zum Narren, Parker! Selbst Griffin weiß davon. Ich bin heute diesem Geheimgang gefolgt, aber er ist verschüttet."

Anna tupfte sich den Schweiß von der Stirn.

„Ach, dieser Gang", mischte sie sich ein. „Natürlich wissen wir von seiner Existenz, aber wie Ihr selbst sagt, gibt es dort nichts, was mit der Sache zu tun hat. Und es ist gefährlich – jederzeit kann das alles einstürzen", erklärte sie. „Das habe ich auch Donovan gesagt, als er seine letzte Schiffsladung dort unten verstaut hat."

„Was hatte er geladen?", fragte Alex und leerte sein Glas. Er bat Griffin, ihm nachzuschenken und studierte die Gesichter vor sich. Ihn überkam das Gefühl, die beiden verschwiegen ihm etwas.

„Dafür haben wir uns nie interessiert. Aber sicher gibt es Ladepapiere oder dergleichen", sagte Anna.

„Ich sehe, wir kommen hier nicht weiter, ehe ich Donovans Unterlagen studiert habe." Mit einer lässigen Handbewegung entließ er die beiden und zog sich das erste der Schiffsbücher heran.

„Kann ich noch etwas für Euch tun, Mylord?", fragte Griffin und räumte die leeren Gläser zurück auf sein Tablett.

„Rose – kümmere dich um das Mädchen. Sie steht unter meinem persönlichen Schutz, und ich will, dass jeder hier das weiß."

Dieser Alexander Hatfield konnte gefährlich werden. Fast zärtlich strich die Hand über die goldene Oberfläche des riesigen afrikanischen Artefakts. Erst ein Teil von Donovans Ladung war fortgeschafft – genug für ein neues Leben, und vielleicht war es an der Zeit, zu verschwinden.

Verschwinden und all diese Schätze zurücklassen, die sich hier noch türmten?

Nein, unmöglich! Solange *der Bluthund* im Dunkeln tappte, war es möglich weiterzumachen. Ein Kinderspiel – diesem selbstgefälligen Söldner des Königs einen Schritt voraus zu sein, denn Hatfield hatte eine Schwachstelle. Jeder in Donovan Castle kannte diese – die kleine, schwarzhaarige Magd.

Dieses Flittchen konnte sich, ob sie wollte oder nicht, noch als nützlich erweisen.

Der Spuk musste weitergehen, bis alle Schätze fortgeschafft waren – selbst wenn das bedeutete, dass eine weitere Leiche hier unten ihr kaltes Grab finden würde. Der Blick glitt hinüber zu dem Geröllberg, der den Weg versperrte und zugleich verbarg, was hier tatsächlich geschehen war.

Fast verbarg, denn die Hand, die aus dem Haufen herausragte, trug noch immer Enrico Donovans Siegelring.

Was für eine Verschwendung.

Mit einem Ruck wechselte der glänzende Ring seinen Besitzer.

Kapitel 13

Eine Woche später

Alexander stand auf der Brustwehr und überwachte die letzten Arbeiten an der Fassade des Wohnturms. Hier waren die Fortschritte der Renovierung am deutlichsten zu erkennen. Er war zufrieden, und auch der König würde es sein. Seit seiner ersten Nacht hier und der Sache mit dem Hühnerblut hatte es keine nennenswerten Vorfälle mehr gegeben. Zwar behaupteten einige Mägde, gelegentlich sei gespenstisches Geheul aus dem Ostflügel zu vernehmen, aber Alex selbst hatte nie etwas davon mitbekommen. Und der Versuch, in den Stallungen ein Feuer zu legen, hätte tatsächlich böse ausgehen können, war aber für Alex alles andere als gespenstisch. Hier war jemand am Werk, der Ärger machen wollte, nur leider gab es keinen Hinweis auf die Identität des Täters.

Seither hatte er noch mehr Wachen postiert und selbst jede freie Minute über Donovans Büchern verbracht. Endlich, heute Morgen, war er auf etwas gestoßen.

Es war an der Zeit, dem König einen Brief über seine Fortschritte zu übersenden.

Rose kniete am Boden. Ihre Hände waren rissig vom Seifenwasser, mit dem sie die Dielen schrubbte. Dabei waren ihr die Dielen vollkommen gleichgültig. Was ging es sie an, ob der König später über einen blanken Boden gehen würde? Ihre Laune war von Tag zu Tag schlechter geworden, und sie musste sich eingestehen, dass es einen Grund dafür gab.

Und der hieß Alex.

Seit dem Abend, als sie vom Verwalter und seiner Schwester gestört worden waren, hatte sie ihn nicht wieder zu Gesicht bekommen. Laut Griffin verbrachte er wohl seine Tage ausschließlich in seinem Arbeitszimmer. Sie vermisste ihn – nicht nur, weil der gesamte restliche Haushalt sie mied. Sie vermisste das Kribbeln in ihrem Magen, wenn er sie mit diesem hungrigen Blick ansah, sie vermisste seine Stimme und sein Lachen ebenso wie seine Berührungen. Wann immer sie ihm nahe gewesen war, waren Bruchstücke ihrer Erinnerung zurückgekehrt. Diese Fragmente ihres Lebens – ihr Vater, die Gewissheit einen Bruder zu haben – hatten ihr die Einsamkeit genommen.

Wütend wischte sich Rose eine Strähne aus dem Gesicht. Sie dummes Ding hatte sich in ihren Dienstherrn verliebt, der vermutlich weder einen Gedanken an sie verschwendete noch je ihre Gefühle erwidern würde. Stattdessen ließ er sie den Dreck wegputzen wie eine Magd. Nun, sie war eine Magd, aber alles in ihr sträubte sich gegen dieses Schicksal. Sie wollte mehr vom Leben! Sie wollte Alexander Hatfield!

Sie wischte die letzte Ecke aus und warf den Lappen zurück in den Eimer. Gerade trocknete sie sich die Hände an der Schürze, als Schritte näherkamen. Schnell schnappte sich Rose den Eimer. Sie würde Lorna nicht wieder einen Grund geben, ihr vorzuwerfen, sie drücke sich vor der Arbeit. Sie wandte sich um, und ihr Puls beschleunigte sich. Da war es wieder, dieses unbeschreibliche Gefühl, das nur er in ihr wachrief. Wie ein warmer Sommerregen.

Auch Alex hatte sie gesehen. Er lächelte und kam auf sie zu. Sein Blick glitt über ihre nasse Schürze und den Eimer in ihren Händen.

„Hallo, Rose, du strengst dich doch nicht zu sehr an, oder?" Sorge sprach aus seiner Stimme.

„Tut nicht so, als interessiere Euch das!", rief Rose und wich vor ihm zurück, obwohl es sie magisch zu ihm hinzog.

Alex Augen wurden schmal.

„Was soll das? Natürlich interessiert es mich. Ich bin dein Herr, dein Wohl liegt mir am Herzen."

„Erzählt mir nichts! Ihr seid *der Bluthund*! Nur Euer eigenes Wohl liegt Euch am Herzen, Mylord! Tut nicht so, als sei ich mehr als Euer Spielzeug", versuchte Rose, ihre Gefühle für ihn mit Härte zu überspielen.

Herausgefordert von ihrer Frechheit, packte Alex ihren Arm.

„Und wenn es so wäre, Rose?" Er riss sie an sich, und sogleich reagierte sein Körper auf ihre weichen Kurven. „Wenn es mir gefällt, über dich zu verfügen, wie es mir beliebt? Wenn mir gefällt, dich mit einem einzigen Befehl dazu zu bringen, in mein Bett zu kommen?"

Rose wollte nach ihm schlagen, aber er hielt ihre Hände hinter ihrem Rücken gefangen und küsste hart ihren Mund.

„Komm in mein Bett, Rose", befahl er gegen ihre Lippen. Er hob sie hoch, trat die nächstbeste Tür mit dem Fuß auf und trug sie in das unbewohnte Schlafzimmer. Sein Kuss erstickte ihren Widerspruch, als er mit ihr in das von Bettvorhängen geschützte Bett sank und ihr den Wollstoff ihres Gewandes über die Knie schob.

„Nicht!", rief sie und trat nach ihm, aber er gab sie nicht frei. Still lag er auf ihr, hielt sie unter sich gefangen und sah ihr ins Gesicht.

„Komm in mein Bett, Rose", wiederholte er – aber

diesmal klang es wie eine Bitte.

Rose wand sich. Tränen drohten, ihre Augen zu füllen, nicht weil er ihr wehtat, sondern weil sie sich selbst dafür hasste, seiner Bitte nachgeben zu wollen. Er konnte nicht immer gewinnen. Er war nicht ihr Herr – nicht in so einem Moment, aber wie sollte sie ihm das zeigen, wenn doch ihr verräterisches Herz jubilierte, sobald sein Blick auf ihr ruhte?

„Nein!", fauchte sie ihn an, und verräterische Tränen stiegen ihr in die Augen.

Alex senkte den Kopf und küsste ihr diese aus dem Augenwinkel.

„Komm in mein Bett, Rose. Lass mich dir zeigen, wie viel mehr als nur ein Spielzeug du bist. Lass mich dich lieben, Rose", hauchte er in ihr Ohr, und seine Zunge fuhr die Bögen ihrer Ohrmuschel nach.

Wie sehr sehnte Rose sich danach, ihn genau dies tun zu lassen. Sie wollte ihm nahe sein, wollte wieder mit ihm vereint sein und diese unglaublichen Gefühle mit ihm teilen, aber sie fürchtete, ihr Herz gänzlich an ihn zu verlieren, wenn sie dies zuließe.

„Das kann ich nicht, Mylord", wies sie ihn unglücklich zurück.

Alex lächelte und rückte ein wenig von ihr ab, aber er gab sie noch immer nicht frei. Sein Schenkel lag über ihren Beinen und sein Arm schwer über ihrer Taille. Er stützte seinen Kopf in die Hand und betrachtete Rose.

„Es gibt nicht viele, die den Mut aufbringen, sich mir zu widersetzen", gab er zu, und Bewunderung schwang in seiner Stimme mit.

Die geschlossenen Bettvorhänge schafften behagliche Intimität. Sie schlossen die kalte, raue Welt aus, und es war fast so, als gäbe es nur sie beide.

„Wir können niemals ebenbürtig sein, Mylord – und ich will nicht weniger als dies."

Alex schüttelte bedauernd den Kopf.

„Rose, du bist eine aufregende Frau. Du … du berührst mich, mehr als je eine zuvor. Aber ich kann dir nicht mehr geben als meine Zuneigung. Was immer du dir von mir erhoffst – sind verlorene Träume."

„Ich gebe meine Träume nicht auf, Mylord", erklärte Rose entschieden und wollte sich erheben, aber Alex hielt sie zurück.

„Na schön, ich werde dich nicht drängen, aber du wirst verstehen, dass ich jeden Versuch wage, dich umzustimmen, und jede Gelegenheit, deine Abwehr zu durchbrechen, ausnutzen werde", warnte er Rose.

Ihr Herz schlug schneller. Sie sah die Herausforderung in seinem Blick und musste schmunzeln. Diesmal würde sie einen Sieg verbuchen.

„Ich muss zurück an die Arbeit, Mylord", erinnerte sie ihn, auch wenn sie am liebsten für immer in seinem Arm liegen würde.

„Ich nicht – und ich wünsche, dass du mir Gesellschaft leistest."

„Habt Ihr nicht diesen Spuk aufzuklären?", fragte Rose und versuchte, nicht glücklich auszusehen, nur weil er Zeit mit ihr verbringen wollte. Dies war nur ein Versuch, sie umzustimmen, rief sie sich seine Worte in Erinnerung.

„Ich habe etwas herausgefunden, was den Fall schon bald lösen wird. Ich habe dem König geschrieben und warte nun auf seine Ankunft", berichtete Alex, während er sich eine Strähne ihres Haares durch die Finger gleiten ließ.

Rose versuchte, sich auf seine Worte zu konzentrieren, denn allein die Tatsache, dass er ihr von seinem Auftrag berichtete, zeigte ihr, dass er tatsächlich etwas für sie empfand. Er schien ihr nicht wie jemand, der leichthin alles ausplauderte. Dieser Moment schien ihnen beiden wertvoll, und das machte es für Rose umso schwieriger, seinem Werben zu widerstehen.

„Und was hat es mit dem Spuk auf sich?", versuchte sie, sich auf das Gespräch zu konzentrieren, was beinahe unmöglich war, denn Alex wandte sich nun den Knöpfen an ihrem Gewand zu. Beiläufig öffnete er die obersten beiden und grinste zufrieden. Rose schlug ihm auf die Finger und hielt ihren Ausschnitt zu, aber er schob ihre Hände beiseite.

„Ich rühre dich nicht an, aber das Gewand gehört mir – ich habe es dir zur Verfügung gestellt, aber ich kann damit tun und lassen, was ich will." Er zwinkerte. „Sei froh, dass ich es dir lasse."

„Ihr könnt es gerne haben, es ist kratzig und absolut hässlich!", beschwerte sich Rose, aber Alex legte seinen Finger auf ihre Lippen, um sie zum Schweigen zu bringen.

„Treib es nicht zu weit, ich bin kein Heiliger …"

„Erzählt mir von dem Hinweis", wollte Rose das Thema wechseln. Dieser Mann reizte ihre Sinne, und sie stand kurz davor, sich ihm freiwillig in die Arme zu werfen. Besonders, da er sich wieder der Knopfleiste ihres Kleides widmete.

„Donovan hat mit ziemlich wertvollen Gütern gehandelt. Afrikanische Schätze, Diamanten und Gold, manchmal Elfenbein. Das sagen seine Bücher. So muss er zu seinem Reichtum gekommen sein."

Rose erbebte unter seiner Berührung. Nur ganz zart strich sein Finger über ihre Brust, als er den nächsten Knopf öffnete. Sogleich reckte sich ihm die harte Knospe durch den Stoff verlangend entgegen, und Alex schmunzelte, sprach aber unbeirrt weiter:

„Auch seine letzte Reise muss sehr erfolgreich gewesen

sein. Zwar hat er schon einige seiner Güter in Holland verkauft, aber er muss dennoch einiges von Wert mit nach England gebracht haben. Das bestätigt auch seine Verlobte."

Alex hatte nun alle Knöpfe bis zu ihrer Taille geöffnet. Rose hielt den Atem an, als er seine Hand unter den Stoff schob, ohne sie selbst dabei zu berühren – und ihn beiseiteschob. Sie wollte ihn aufhalten, aber er bedeutete ihr, liegen zu bleiben und setzte sich auf.

„Keine Sorge, Rose. Ich will nichts von dir, das ich dir nicht ebenfalls zu geben bereit bin. Das ist es doch, was du willst, oder? Mir ebenbürtig sein." Sein Blick hielt sie gefangen, als er sein Hemd abstreifte und sich wieder neben sie legte. Wie zuvor legte er besitzergreifend den Arm über ihre Mitte.

„Wo waren wir? Ach ja … Donovans letzte Fahrt. Sie schien also nicht anders verlaufen zu sein als alle weiteren. Dennoch schrieb er am Tag seiner Rückkehr einen Brief an seinen Freund William Carter."

Sein heißer Atem strich bei jedem seiner Worte über ihre Haut, und Rose drohte, vor Verlangen zu sterben. Sie merkte, wie ihr der Schweiß ausbrach, weil sie sich so beherrschen musste, nicht die Hand nach ihm auszustrecken. Ihm so nahe zu sein und nicht berührt zu werden, war die reinste Folter. Der Blick in Alex Gesicht, zeigte, dass er dies durchaus wusste – und es genoss. Sie könnte einfach aufstehen und gehen …

„Donovan schreibt, er habe einen Schatz gefunden, der ihn reicher mache als den König. Einen Schatz, an dessen Existenz er nicht einmal geglaubt und den er mit nach England gebracht habe, um ihn nie wieder aus den Händen geben zu müssen."

Rose schluckte. Alex Blick hing gebannt an den

aufgerichteten Spitzen ihrer Brüste. Er benetzte seine Lippen und lächelte verführerisch.

„Ein Schatz also", stammelte Rose atemlos.

„Richtig. Er schreibt, sein erster Blick auf die zwei schwarzen Diamanten hätte ihm gezeigt, dass die Zeit gekommen sei, ein neues Leben zu beginnen."

„Und wie löst das nun das Rätsel um den Spuk?", fragte Rose, die fürchtete, ihre angespannten Nerven hätten sie die Zusammenhänge vielleicht nicht verstehen lassen. Aber wie sollte sie auch nur einen klaren Gedanken fassen können, wenn ihr Körper geradezu nach Alex schrie?

„Ganz einfach – es liegen nur wenige Stunden zwischen Donovans Ankunft in Bristol und seinem ungeklärten Verschwinden. In dieser Zeit hat er sein Schiff entladen lassen und den Brief an Carter geschrieben, den er darum bat, zu ihm zu kommen, damit er sehen könne, wovon Donovan sprach. Und er ist seinem Mörder begegnet", schloss Alex.

„Seinem Mörder?"

„Natürlich ist er tot. Oder was denkst du, wo er so lange steckt? Sein Keller ist voll Wertsachen, und seine Verlobte wartet auf ihn, da würde er nicht freiwillig verschwinden. Nicht, wenn er einen Brief schreibt, in dem er seinen Freund zu sich bittet – und den er dann nie abschickte. Er kam nicht mehr dazu! Enrico Donovan wurde wegen dieser schwarzen Diamanten getötet, davon bin ich überzeugt. Nur, wem hat er in dieser kurzen Zeit davon berichten können?"

Rose schüttelte verwirrt den Kopf. Gedankenverloren legte sie ihren Arm auf Alex Brust und genoss das sichere Gefühl seines schlagenden Herzens unter ihren Fingern.

„Jemand tötet also Donovan und stiehlt die Diamanten – warum dann der Spuk?"

„Falsch. Der Mörder weiß von den Diamanten, aber der Einsturz der Katakomben hat ihm den Weg zu ihnen abgeschnitten. Ich bin mir sicher, der Schatz, von dem Donovan sprach, liegt noch immer dort unten begraben. Der Spuk dient nur dazu, die Arbeiten des Königs zu verhindern, um ihm, dem Mörder, Zeit zu verschaffen, an seine Beute zu gelangen."

„Brillante Schlussfolgerung, Mylord!", staunte Rose und lächelte ihn bewundernd an. Ihr wurde die Intimität des Augenblicks bewusst, als sein vor Leidenschaft dunkler Blick sie traf. Atemzug um Atemzug herrschte abwägendes Schweigen zwischen ihnen, ehe Alex sich zu einem sanften Kuss zu ihr herabbeugte.

„Lass mich dich lieben, Rose", bat er erneut.

Kapitel 14

Der Pavillon im Palastgarten spendete angenehmen Schatten, dennoch schwitzte der König unter all seinem glänzenden Tand. Auch Dorian Weston wischte sich den Schweiß von der Stirn, der vielmehr von der Nervosität denn von der Hitze kam. Er kniete am Boden zu Füßen seines Königs und gefiel sich nicht wirklich in der Rolle des Bittstellers. Aber in seiner Verzweiflung erschien ihm dies als letzte Möglichkeit.

„Mein lieber Earl of Windham", richtete König George nun das Wort an ihn. „Es ist lange her, dass wir zur Jagd waren. Wir sollten das unbedingt wiederholen. Wie Ihr wisst, errichte ich in Bristol eine Sommerresidenz. Seid mein Gast, wenn ich das Castle beziehe. Eine große Jagdgesellschaft ist genau das, was mir dazu vorschwebt."

Dorian nickte.

„Natürlich, Eure Majestät. Das klingt großartig."

„Und nun sagt mir, was Euch hierher führt. Der Kummer steht Euch ins Gesicht geschrieben", verlangte der König zu erfahren.

„Es geht um meine Tochter Rose, Eure Majestät. Ihr erinnert Euch vielleicht an sie …"

„Natürlich! Sie ist ein reizendes Kind – etwas lebhaft vielleicht, aber dennoch wirklich reizend. Ist sie nicht inzwischen im heiratsfähigen Alter? Wünscht Ihr, dass ich eine Ehe für sie arrangiere, Weston?"

„Sie ist achtzehn, Eure Majestät – und verschwunden", gestand Dorian und fuhr sich hilflos mit den Händen übers Gesicht.

„Verschwunden? Wie das? Erklärt Euch."

„Nun, Eure Majestät, es gab einen Streit, nach dem Rose aufgebracht das Haus verlassen hat. Das war vor über drei Wochen. Es gab Grund zu der Annahme, sie sei nach Italien geflohen – aber dort ist sie nicht, oder noch nicht. Mein Sohn Devlin wird noch einige Zeit dort verbringen, falls sie aufgehalten wurde. Er glaubt aber, dass Rose insgeheim gewusst haben muss, dass sie dort kein Glück finden würde."

„Sie ist Euch wegen eines Mannes durchgebrannt?", hakte der König ungläubig nach.

Dorian wurde rot, und, hätte Rose neben ihm gestanden, er hätte sie würgen mögen, aber so blieb ihm nichts, als sein väterliches Versagen einzugestehen.

„Ihr Auserwählter ist ein italienischer Dichter, der aber … nun, wie soll ich sagen … andere Neigungen hegt. Rose ist nicht dumm, auch wenn sie manchmal Dinge, die sie nicht wahrhaben will, einfach verdrängt. Nun fürchte ich, dass ihr etwas zugestoßen ist", schluchzte Dorian. Die Angst um seine Tochter hatte ihn in den letzten Tagen um Jahre altern lassen und tiefe Sorgenfalten in seine Stirn gegraben.

„Sorgt Euch nicht, Weston. Wenn sie noch in England ist, werden wir sie finden. Ich sichere Euch meine Unterstützung zu", versprach der Monarch und überlegte. „Da trifft es sich günstig, dass ich morgen nach Bristol aufbreche. Mein bester Mann hat mir dort wieder einmal bewiesen, wie unermüdlich er ist. Er ist der Richtige für diese Sache. Alexander Hatfield wird Eure Tochter sicher und unbeschadet nach Hause bringen, darauf mein Wort!"

Der König hob feierlich die Hand, um seine Unterstützung zu geloben.

Dorian sank erleichtert in sich zusammen, obwohl er erst dann wieder beruhigt schlafen würde, wenn er seine Tochter zurückhatte.

„Danke, Eure Majestät, ich stehe in Eurer Schuld."

„Schließt Euch an, Weston. Kommt morgen mit mir nach Bristol, dann könnt Ihr dem Bluthund sogleich schildern, was geschehen ist."

Obwohl Dorian Zweifel hegte, wie der Mann des Königs Rose finden sollte, war es besser als nichts. Devlin hielt in Italien seine Augen offen, sein Freund Logan Torrington, der inzwischen nach Frankreich weitergereist war, ließ noch immer den Hafen von Dover beobachten, und Dean war dabei, das Londoner Umland nach Hinweisen abzusuchen.

„Eine gute Idee, Eure Majestät. Ich werde sogleich alles dafür vorbereiten." Dorian verneigte sich vor seinem König und küsste ihm die Hand, ehe er rückwärts und sich verneigend zurücktrat.

„Eines noch, Weston. Euch ist klar, dass Eure Tochter – wenn wir sie finden – unverzüglich heiraten muss?", unterbrach der König Dorians Rückzug. Seine Worte waren keine Frage, auch wenn sie so formuliert waren. „Ihr Ruf ist dahin – wenn nicht gar ihre Tugend."

„Majestät!", rief Dorian schockiert.

„Seht der Tatsache ins Auge – Ihr könnt sie nicht kontrollieren, und ihr Leichtsinn gefährdet sie. Ich schätze Euch, Weston – darum werde ich einen passenden Ehemann finden, der über diese … Misere hinwegsehen wird, wenn ich es ihm befehle."

Mit einem Wink war Dorian nun endgültig entlassen, und er zog sich zurück.

Vielleicht hatte der König gar nicht so unrecht. Rose

hatte diesmal den Bogen überspannt. Vielleicht war es an der Zeit, sie die Konsequenzen ihres Handels selbst tragen zu lassen. Und im Grunde waren seine Überlegungen ohnehin unnötig, denn der König hatte ja schon klar gemacht, dass er es war, der diese Entscheidung traf.

Alles würde sich fügen – wenn nur Rose wieder hier wäre.

Kapitel 15

D er Morgentau versilberte Wiesen und Sträucher seitlich des Weges, und die Sonne spiegelte sich tausendfach in den Tropfen, als Alex an ihnen vorbeiritt.

Er war ausgesprochen gut gelaunt und ertappte sich schon seit dem Erwachen immer wieder bei einem dümmlichen Grinsen.

Genau genommen hatte er schon ein Lächeln im Gesicht, als er die Augen aufschlug und Rose neben ihm lag. Sie hatte ihm die Decke fortgezogen und sich darin eingerollt. Ihr Haar war über das ganze Kopfkissen ausgebreitet und schimmerte in dem wenigen Licht, das durch die Bettvorhänge fiel. Er lag eine ganze Weile da und überlegte, ob er sie wecken sollte. Ein Teil seines Körpers unterstützte diese Idee drängend, aber ihr gleichmäßiger Atem und ihre im Schlaf leicht geöffneten Lippen rührten ihn so, dass er das Bedürfnis niederrang.

„Lass mich dich lieben, Rose", hatte er sie noch einmal gebeten und nicht mit ihrer Ablehnung gerechnet, aber Rose war eben immer für eine Überraschung gut. Sie hatte den Kopf geschüttelt und sich aufgesetzt, sodass er dachte, sie würde aufstehen und ihn verlassen. Aber stattdessen hatte sie nach den Schnüren seiner Hose gegriffen.

„Gleichberechtigung – schon vergessen? Diesmal werde ich dich lieben, Alex", hatte sie ihn verbessert, und ihm eine unvergleichliche Nacht verschafft.

Sie hatte ihn Alex genannt – und es hatte sich so richtig angefühlt. Mühelos hatte sie die Distanz zwischen ihnen überwunden, und Alex wünschte, es könnte immer so zwischen ihnen sein. Nun überlegte er, ob er sich nicht besser verabschiedet hätte, anstatt sich wie ein Dieb im Morgengrauen davonzuschleichen, aber er hatte die Erinnerung an diese Nacht nicht durch einen erneuten Streit mit Rose verderben wollen. Und da sie beide Hitzköpfe waren, hätte es durchaus dazu kommen können.

Darum machte er sich auch auf den Weg, William Carter einen Besuch abzustatten. Vielleicht wusste Donovans Freund, mit wem dieser vor seinem Tod gesprochen haben könnte.

Er musste seine überraschend intensiven Gefühle für eine einfache Magd hinten anstellen und sich auf seine Aufgabe besinnen. Immerhin galt es, einen Mord zu beweisen und den Mörder zu überführen.

Er war fort. Zwei Abende später lag Rose in dem schmalen Bett in ihrer kleinen Kammer und kochte vor Wut. Wo steckte er nur? Warum hatte er sie wieder ohne ein Wort der Erklärung verlassen, nachdem sie doch diese wundervolle Nacht miteinander verbracht hatten? Sicher, eine Magd durfte nicht erwarten, von ihrem Dienstherrn in seine Pläne eingeweiht zu werden oder dass er sich gar bei ihr abmeldete, sobald er das Haus verließ. Dennoch ärgerte sie sich über Alex. Wenn sie doch nur Griffin irgendwo hätte finden können, aber auch der schien wie vom Erdboden verschluckt.

Lorna oder eine der anderen brauchte sie gar nicht fragen, denn deren feindselige Blicke verfolgten Rose, wo immer sie sich auch aufhielt. Sollten die dummen Ziegen ihr doch gestohlen bleiben.

Rose wälzte sich herum, aber sie konnte keinen Schlaf finden. Schließlich gab sie auf und schlich in die Küche, um einen Becher Milch zu trinken, der ihre Nerven beruhigen würde.

Als sie an der Stelle vorbeikam, an der der Ostflügel vom Haupthaus abzweigte, vernahm sie ein merkwürdiges Geräusch. Im ganzen Haus war es still. Alles schlief, was also war das?

„Alex?", rief sie in die Dunkelheit und hasste es, wie hoffnungsvoll ihre Stimme klang. „Mylord, seid Ihr das?"

Keine Antwort. Sie lauschte, aber alles blieb ruhig. Neugierig schlich sie den Flur entlang. Sie war noch nicht weit gekommen, als ein schauriges Quietschen sie zusammenzucken ließ.

„Ist da jemand?", rief Rose und verfluchte ihr unüberlegtes Handeln. Die Hoffnung, Alex hier in die Arme zu laufen, hatte sie so weit getrieben, und nun war es zu spät. Ein grausiges Heulen hallte ihr entgegen und jagte ihr einen Schauer über den Rücken.

,Enrico Donovan wurde wegen der schwarzen Diamanten getötet, das ist klar. Nur, wem hat er in dieser kurzen Zeit davon berichten können?, hämmerten Alex' Worte in ihrem Kopf, und die Antwort lag klar auf der Hand. Jemandem, dem er vertraute, jemandem, der unter seinem Dach lebte. Sein Mörder war die ganze Zeit unter ihnen gewesen. Rose rannte los. Da war nichts hinter ihr außer diesem Heulen, aber sie wusste, sie war nicht allein. Sie meinte beinahe, Schritte zu hören. Sie eilte weiter, die Halle war nah, die Schritte auch. Sie warf einen furchtsamen Blick über die

Schulter – nichts.

Dann wurde sie zu Boden gerissen, ein Gewicht drückte auf ihre Brust, und ein schriller Schrei zerriss die Nacht. Auch Rose schrie.

„Himmel!", rief Anna Parker, die rittlings auf ihr saß und einen Kerzenständer in Form einer nackten Meerjungfrau wie eine Waffe umklammert hielt. „Was schleichst du hier herum?", verlangte sie zu wissen.

Rose schlug das Herz bis zum Hals, und sie konnte kaum atmen.

„Ich schleiche nicht herum! Ich … habe ein Geräusch gehört und gedacht, es sei Alex … äh, Lord Hatfield."

Anna sah ihr misstrauisch in die Augen, erhob sich aber.

„Hatfield ist nicht hier! Gott weiß, wo er sich herumtreibt – vielleicht war ihm dein Bett nicht mehr gut genug", schimpfte sie boshaft und stemmte die Fäuste in die Hüften.

„Meine Damen! Dies ist weder die rechte Zeit noch der rechte Ort für so etwas", wurden sie von Griffin unterbrochen, der missfällig dreinschaute.

Rose zuckte erschrocken zusammen. Sie hatte ihn nicht kommen hören, war aber froh, nicht länger mit Donovans Verlobter allein zu sein. Schnell stellte sie sich neben ihn und stimmte ihm zu.

„Richtig, Griffin. Ich wollte nur etwas Milch holen, als dieses Geheul …" Rose zögerte. Es war außer Annas wütendem Schnauben nichts mehr zu hören. „… nun, ich denke, ich kann nun einschlafen. Gute Nacht, Miss Parker. Griffin."

Im Davongehen hörte sie die beiden sprechen.

„Euer Nachtgewand ist ja ganz staubig, Miss Parker", bemerkte Griffin.

„Hatfields Flittchen und ich stürzten zu Boden. Ein

Geräusch weckte mich, und so folgte ich ihr. Ich hielt sie für einen Einbrecher und überwältigte sie", verteidigte sie sich.

Rose ging unauffällig weiter und bog um die Ecke, wo sie sich flach an die Wand drückte und wartete. Sie war nun zu weit entfernt, noch etwas zu verstehen, aber kurz darauf erkannte sie Griffins schlurfenden Gang. Er kam auf sie zu und ging an ihr vorbei, ohne sie zu bemerken. Rose tippte ihm auf die Schulter.

„Griffin, pssst – ich bin es."

„Rose, Mädchen – willst du einen alten Mann zu Tode erschrecken?", schimpfte er, fasste sich ans Herz und klopfte dann schnell einen Staubfleck von seinem Hosenbein.

„Nein, bitte entschuldige. Weißt du, wo Lord Hatfield steckt?", fragte Rose und versuchte, die Bilder aus ihrem Kopf zu verdrängen, wie jemand Alex' leblosen Körper neben den Gebeinen von Enrico Donovan verschwinden ließ.

„Natürlich. Er geht einem Hinweis nach. Er hat mir von dem Brief erzählt, den er gefunden hat, und sagte, er wolle Mister Carter befragen. Ich erwarte ihn morgen Abend zurück."

„Danke, Griffin. Ich habe mir schon die schlimmsten Sachen ausgemalt. Dieses Haus und seine Geister machen mich wahnsinnig."

„Geh nun ins Bett, Mädchen. Nicht, dass tatsächlich noch etwas geschieht."

Nach einer schlaflosen Nacht, geplagt von unerfüllter

Sehnsucht, einer ungemütlichen Matratze und der ganz banalen Angst, mit einem Mörder unter demselben Dach zu schlafen, hatte es sich Rose schon sehr früh in der Küche gemütlich gemacht. Eine Kanne Tee und eine Scheibe Brot mit Honig hatten ihre Laune gerade ein wenig gebessert, als Lorna hereinkam.

„Deine Zeit ist abgelaufen! Du gewöhnst dich besser schnell daran, die Nächte wieder in deiner Kammer zu verbringen, denn *des Bluthundes* Bett ist jetzt vergeben", höhnte sie und grinste boshaft.

„Was meinst du damit?", fragte Rose und sandte ebenso böse Blicke zurück.

„Sieh doch selbst", erwiderte Lorna kalt und fing an, Kartoffeln zu schälen.

Rose unterdrückte einen Fluch und lugte zur Tür hinaus. Die Halle füllte sich, und gut gekleidete Herren standen in einer Gruppe zusammen. Griffin scheuchte die Dienstmädchen umher und gab harsche Anweisungen.

„Was ist da los?", fragte Rose leise.

„Der König und sein engstes Gefolge", erklärte Lorna. „Und Lady Blythe Livingston, die Geliebte *des Bluthundes*."

Rose spürte, wie ihre Knie weich wurden. Sie spähte zurück in die Halle, und da war sie. Langes, dunkelblondes Haar, ein smaragdgrünes Kleid mit einem eng geschnürten Mieder, aus dem beinahe der Busen quoll, und ein gekonnt mit Farbe in Szene gesetzter Schmollmund. Rose hätte am liebsten laut geflucht. Sie konnte nicht glauben, dass diese Frau Alex' Mätresse war. Wie sollte sie gegen so viel Anmut ankommen?

Es war absurd, sich darüber auch nur Gedanken zu machen, das wusste Rose, aber ihr war klar: Sie würde Alex nicht kampflos aufgeben!

Griffin kam auf die Tür zu, und Rose wich schnell einen

Schritt zurück.

„Rose!", rief er. „Du bringst Lady Livingston in das Gemach neben Lord Hatfields. Ihre Zofe wurde krank, und ich bot ihr deine Hilfe an. Los, los, an die Arbeit!"

Als habe ihr Geist ihren Körper verlassen, sah Rose sich selbst die Taschen ihrer Konkurrentin nehmen und wie befohlen in das Obergeschoss schleppen, während diese hoheitlich neben ihr her schritt. Sie musste unbedingt verhindern, dass diese Blythe Livingston so nahe bei Alex untergebracht wurde.

„Hier, Mylady – Euer Gemach", erklärte sie und trat in den luxuriös eingerichteten Raum. Blythes Augen leuchteten. Wie das ganze Anwesen spiegelte auch die Einrichtung dieses Gemachs Donovans Reichtum wieder.

„Ich hoffe, die Mäuse stören Euch nicht. Es sind nicht viele – höchstens fünf", hörte Rose sich selbst sagen.

„Mäuse? Hier gibt es Mäuse?", kreischte ihre Konkurrentin und sprang mit einem einzigen Satz zurück in den Flur. Rose musste ein Lachen unterdrücken.

„Nur einige. Wenn Euch das stört, Mylady, kann ich gerne ein Gemach im anderen Flügel für Euch bereiten lassen."

Blythe schien darüber nachzudenken, denn sie ging einige Schritte auf und ab. Schließlich stemmte sie ihre Fäuste in die Hüften und nickte.

„Nimm die Taschen. Ich werde nicht in einem Rattennest schlafen! Bring sie hier herein." Sie deutete auf die Tür zu Alex' Zimmer. „Lord Hatfield wird sicher nichts dagegen haben. Wie ich ihn kenne, werden wir nicht viel Zeit zum Schlafen finden …", sie senkte vertrauensvoll ihre Stimme und zwinkerte. „… wenn du verstehst."

Rose verstand nur zu gut, aber sie hatte nicht die Absicht, es dazu kommen zu lassen.

„Ohne Lord Hatfields Anweisung kann ich Euch unmöglich den Zutritt zu seinen Gemächern erlauben."

Blythes Gesicht wurde rot vor Wut, und sie riss Rose einen der Hutkoffer aus der Hand.

„Erlauben? Für wen hältst du dich, du vorlautes Ding? Geh mir aus dem Weg und schaff meine Sachen hinein!", brüllte sie und drängte an Rose vorbei in Alex' Schlafgemach. Zufrieden ließ sie sich in den Sessel neben dem Bett sinken und wartete darauf, dass Rose tat, was sie ihr befohlen hatte.

Nachdem Rose wütend alles nach Lady Livingstons Wünschen verstaut hatte, wollte sie nur noch heulen. Ihr brach das Herz bei der Vorstellung, Alex würde sich in diesem Bett – das er auch schon mit ihr geteilt hatte – mit Blythe vergnügen.

„Ehe du gehst, öffne die Schnüre meines Mieders", wurde sie aus ihren trübseligen Gedanken gerissen.

„Wünscht Ihr Euch umzukleiden? Soll ich ein anderes Kleid herauslegen?", fragte Rose und löste die Bänder.

„Ich möchte Mylord besonders gefallen, darum werde ich eines der Kleider tragen, die er mir geschenkt hat." Rose ballte ihre zitternden Hände zu Fäusten. Am liebsten würde sie ihre Gegnerin mit den Schnüren des Mieders erwürgen, stattdessen versuchte sie, so normal wie möglich zu klingen.

„Was für eine wundervolle Idee, Mylady."

Tränen rannen ihr über die Wange, als sie schließlich alle Wünsche der Dame erfüllt hatte. Es war nicht ihre Art zu weinen, schimpfte sie sich selbst. *Ich hätte doch niemals die vielen Auseinandersetzungen mit Devlin und Dean gewonnen, wenn ich je heulend aufgegeben hätte.*

Noch mehr Tränen trübten ihren Blick. *Devlin, Dean …* unscharfe Bilder von dunkelhaarigen Halbwüchsigen trieben durch ihre Gedanken, und sie schluchzte. Diese Fragmente von Erinnerungen zeigten das Bild ihres früheren Lebens – eines Lebens, das so unerreichbar weit weg war. Sie wollte es greifen, es sich zurückholen, aber schon verflüchtigten sich die Eindrücke und zurück blieb nur ein stechender Kopfschmerz.

Sie bog um die Ecke und schlich den Gang in Richtung des Arbeitszimmers entlang. Sie wollte auf keinen Fall zurück in die Halle gehen, um sich von Griffin noch mehr erniedrigende Arbeiten zuteilen zu lassen, als aus der anderen Richtung Alex auf sie zukam.

Er trug Reitstiefel und seine Weste war staubig. Er war anscheinend gerade erst zurückgekommen.

„Rose, was tust du hier? Das ganze Haus ist in Aufregung. Ich hörte, der König sei angekommen. Komm mit, ich will dir etwas zeigen."

Im Gehen griff er nach ihrer Hand und zog sie mit sich in das Arbeitszimmer. Er sah fantastisch aus, und Rose hasste es, wie er sofort ihren Puls zum Rasen brachte. Er würde sie verletzen – und zwar schon bald. Besser sie wappnete sich schon jetzt vor diesem Schmerz. Unruhig wanderte sie durch den Raum. Strich mit dem Finger über einige von Donovans Souvenirs, die den Schreibtisch zierten.

„Was kann ich für Euch tun, Mylord?", fragte sie kühl.

Um sich zu beruhigen, bewunderte sie den silbernen Kerzenleuchter, der Poseidon mit seinem Dreizack zeigte. Alex trat hinter sie, bettete sein Kinn auf ihrer Schulter und schlang seine Arme um sie.

„Du könntest etwas freundlicher sein", schlug er vor und knabberte an ihrem Ohr. „Denn – es fällt mir nicht leicht, das zuzugeben – du hast mir gefehlt."

Rose wollte das nicht hören.

„Tatsächlich? Warum habt Ihr Euch dann einfach so davongeschlichen?", fragte sie wütend.

„Durch unser Gespräch wurde mir klar, dass vielleicht William Carter einen Hinweis auf den Mörder würde geben können. Ich musste dem nachgehen", verteidigte er sich, und tatsächlich legte sich Roses Wut ein wenig.

„Habt Ihr denn etwas herausgefunden?"

„Nein. Er wusste niemanden, den Donovan hätte treffen wollen. Aber er hat mir anvertraut, dass es einen weiteren Geheimgang gibt, der hinunter in die Katakomben führt. Das hatte ich schon erwartet, aber ich konnte ihn bisher nicht finden."

„Und nun wisst Ihr, wo sich der Eingang befindet?" Ohne es zu wollen, verpuffte ihre Wut bei der Suche nach des Rätsels Lösung. Alex musste etwas für sie empfinden, wenn er sie an all dem teilhaben ließ. Warum sollte er sonst sein Wissen mit ihr, einer Magd, teilen?

„Ich kann es mir denken. Carter hat mir gesagt, die Träume von Donovans Geliebter würden über den Geheimgang wachen."

„Anna Parker!", rief Rose, und Alex nickte.

„Ich hatte sie schon zu Anfang in Verdacht, aber sie hat kein Motiv. Ich glaube nicht, dass sie Donovan ermordet hat, denn sie hätte mit einer Ehe viel mehr gewonnen als durch seinen Tod. Aber ich werde sie und ihren Bruder noch einmal befragen. Vielleicht wissen sie wirklich nichts von dem Gang, und der Spuk dient einzig und allein dazu, die beiden zu vertreiben. Abergläubisch ist Anna jedenfalls. Ich will diese Aufgabe endlich abschließen und mich angenehmeren Dingen widmen", flüsterte er, küsste ihren Nacken und umfasste ihre Taille.

„Mylord, ich kann nicht …", entwand sich Rose seinen Händen. Auch wenn sie ihn liebte und er zumindest

Zuneigung für sie hegte, hatte sie doch nicht vergessen, dass er ihr nicht mehr würde bieten können.

„Du hast recht. Es ist nicht der passende Augenblick. Der Mörder könnte sich durch die Ankunft des Königs in die Enge gedrängt fühlen und Dummheiten machen. Geh in die Küche zu den anderen und bleib dort. Ich will dich in Sicherheit wissen."

Damit küsste er sie auf den Scheitel und führte sie zur Tür.

Verwirrt stieg Rose die Treppe hinunter. Ihre Gedanken flogen wie Herbstlaub im Wind. Sie bekam keinen einzigen zu fassen.

Tief versunken in ihren flüchtigen Erinnerungen ging sie durch die Halle in Richtung der Küche. Sie bemerkte nicht, dass Lorna mit einem Krug Wein in der Hand ihren Weg kreuzte, bis sie schwungvoll in diese hineinlief. In hohem Bogen segelte der Krug durch die Luft und begoss Lady Livingston, die mit einigen Herren aus des Königs Gefolge am Tisch saß. Schreiend sprang sie auf und betrachtete ihr ruiniertes Kleid.

Rot perlte der Wein von der hellen Seide und aus ihrem Haar.

„Du dumme Pute!", kreischte Lorna, der jede Farbe aus dem Gesicht gewichen war. „Sieh nur, was du getan hast! Mylady, vergebt mir! Es war nicht meine Schuld!" Lornas hasserfüllter Blick schien Rose töten zu wollen. „Sie hat mich gestoßen!", rief sie.

„Das ist nicht wahr! Ich habe dich nicht gesehen!", verteidigte sich Rose und betupfte Lady Livingstons Rock mit einer Serviette, was weder das Kleid rettete noch das Geschrei der Dame dämpfte.

„Ihr unnützen Trampel! Das wird euch teuer zu stehen kommen!"

„Mylady, ich kann wirklich nichts dafür! Rose hat das doch absichtlich gemacht, weil sie Lord Hatfield liebt!", rief Lorna, und ihre Augen blitzten vor Schadenfreude.

„Halt den Mund!", rief Rose, aber die Magd sah einen Weg, die Schuld von sich abzuwälzen.

„Stellt Euch vor, Mylady, sie hat sich dem Herrn vom ersten Tag an regelrecht an den Hals geworfen! Darum hat sie mich gestoßen – weil sie Euch hasst!"

Rose war zurückgewichen. Hilflos sah sie sich den boshaften Blicken der anderen Mägde gegenüber, und Lady Livingstons Nasenflügel bebten vor Zorn.

„Du!", schrie diese und ging auf Rose los. Sie wollte ihr ins Gesicht schlagen, aber ein donnernder Befehl verhinderte dies.

„Sofort Schluss damit!", brüllte Alex und schob Rose aus Blythes Reichweite. „Was zum Teufel ist hier los?"

Seine Geliebte erzitterte unter der Wucht seiner Stimme, hatte aber nicht vor, sich in der Halle vor all den Leuten eine Blöße zu geben.

„Diese Dirne hat mein Kleid ruiniert!", jammerte sie.

Roses Kopf brummte. Das Geschrei war zu viel für ihre Nerven.

„Ich bin keine Dirne!"

„Rose!", warnte Alex.

„Eine billige kleine Dirne ist sie! Stimmt es? Ist sie Euch nachgestiegen, Mylord?"

Beruhigend fasste Alex nach Blythes Hand. Rose sah rot.

„Du eingebildete Ziege!", schrie sie und ballte ihre Hände zu Fäusten. „Er ist mir nachgestiegen! Denn eines ist doch wohl klar: Freiwillig wäre ich nie mit *dem Bluthund* ins Bett!"

Alex packte sie an den Schultern und drückte sie an die Wand.

„Kein Wort mehr, Rose! Ich warne dich. Verschwinde, ehe …“

Sie riss sich los und rannte davon. Hinaus aus der Halle, hinaus aus der erdrückenden Enge der Burg, nur fort von dem Schmerz in ihrer Brust, der sie zu erdrücken schien.

Schwarze Gewitterwolken verfinsterten den Himmel, und lautes Donnern grollte über die Küste. Der Wind hatte aufgefrischt.

„Rose, warte“, rief Akilah und kam hinter ihr her. Unbeirrt ging Rose weiter, aber die Afrikanerin holte sie ein und schloss ihre Arme um sie.

Rose fühlte sich wie ein verwundetes Tier. Noch nie war sie so hilflos gewesen. Sie fühlte sich verraten und verlassen. Die warme Umarmung von Akilah war wie die Fürsorge einer Mutter, und Rose überließ sich schluchzend diesem Gefühl, während der Wind an ihren Haaren riss.

Akilah strich ihr besänftigend über den Rücken, bis Roses Tränen versiegten.

„Warum tut es so weh?“, fragte Rose.

„Weil Liebe nun einmal so ist. Wenn man sie findet, kann sie alles bedeuten – verliert man sie aber, bleibt nichts außer Schmerz zurück. Je mehr wir lieben, desto größer der Schmerz“, erklärte Akilah.

> *„Wer schenkt der lieblichen Rose sein Herz,*
> *für den bedeutet das niemals Schmerz.*
> *Und schenkt die Rose ihr Herz zurück,*
> *finden beide immerwährendes Glück“,*

zogen die Worte durch Roses Erinnerung, und sie sah für einen kurzen Augenblick Lorenzos Gesicht vor sich. Ein Freund – so fühlte es sich jedenfalls an. Ein naiver Freund, wenn er glaubte, Liebe käme ohne Schmerz aus und bestünde nur aus immerwährendem Glück.

Rose wusste, sie liebte Alexander Hatfield. Sie liebte ihn so sehr, dass sie gehofft hatte, er würde vergessen können, wer sie war, und ebenso für sie empfinden.

„Der Fluch der Windhams erfüllt sich", murmelte Rose verwirrt, und ein greller Blitz entlud sich über dem Meer. Ein Fluch? Die Windhams? Was hatte das mit ihr zu tun? Wenn es ihr doch nur gelingen würde, Licht ins Dunkel ihrer Erinnerung zu bringen!

„Es kann nicht gut gehen, wenn wir uns mit den falschen Männern einlassen. Ich habe auch teuer für diese Lektion bezahlt", vertraute die hübsche Akilah ihr an. „Ich habe meine Familie, meine Heimat und meine Freiheit für die Liebe zu Enrico Donovan verloren."

Dieses Geständnis ließ Rose aufhorchen. Es war, als komme plötzlich auch in ihrem Innersten Unheil bringender Wind auf. Eine Gänsehaut breitete sich auf ihren Armen aus, und Rose schauderte.

„Was sagst du da?"

Akilah zuckte mit den Schultern. Sie musste inzwischen ihre Stimme erheben, um gegen das Heulen des Sturms anzukommen.

„Ich begegnete Enrico am Hafen von Safi. Es war Liebe auf den ersten Blick. Wir wussten beide, dass sein Schiff in wenigen Tagen nach England zurückkehren würde. Als es Zeit war, Abschied zu nehmen, brachten wir es nicht fertig, uns voneinander zu trennen. Enrico versprach, mich ein Leben lang zu lieben und mich nie wieder zu verlassen, wenn ich mit ihm käme. Ich musste nicht darüber nachdenken."

Tränen schimmerten in Akilahs schwarzen Augen, und Rose vergaß ihren eigenen Kummer. Diese Geschichte war wichtig! Das Gefühl, etwas Wesentliches übersehen zu haben, wurde immer stärker.

„Und dann hat er dich für Miss Parker verlassen?", fragte sie, aber Akilah schüttelte den Kopf.

„Nein. Er war bereits mit Anna verlobt, als er mir begegnete. Enrico hatte vor, die Verlobung zu lösen und mich zu heiraten, aber dann verschwand er. Er muss tot sein, denn er hätte mich nicht verlassen! Das weiß ich. Er hat immer gesagt, ich sei der größte Schatz, den er jemals in Afrika gefunden hatte, und meine Augen seien wie zwei schwarze Diamanten."

Roses Gedanken überschlugen sich. Donovans Schatz, die schwarzen Diamanten – sie waren nicht echt! Es war Akilah. Für sie wollte er aufhören, zur See zu fahren, ihre Liebe hatte ihn reicher gemacht als den König. Und … das Erste, was er getan haben musste, als er in England von Bord ging, war, seiner Verlobten davon zu berichten. Er musste die Verlobung gelöst haben – und besiegelte damit sein Todesurteil. Hier war es: das fehlende Motiv. Anna hätte alles verloren.

Nun ergab es einen Sinn. Annas nächtliches Herumschleichen, der zusätzliche Geheimgang, der irgendwo in ihrem Gemach versteckt sein musste, der Schmutz an ihrem Nachtgewand und sogar der Kerzenhalter – eine Meerjungfrau. Sie war nicht, wie sie Griffin gesagt hatte, aus ihrem Gemach gekommen, als sie Rose niedergerissen hatte. Sie musste den Leuchter aus dem Arbeitszimmer genommen haben.

Erst vor wenigen Stunden hatte Rose dort das Gegenstück, den silbernen Poseidon, bewundert. Anna war sicher aus dem Geheimgang gekommen. Sie musste das unheimliche Heulen und den Spuk verursacht haben, um ihre Tat zu verschleiern. Wenn ihr Bruder weiterhin der Verwalter bliebe, würde sie wie bisher hier leben und unbemerkt Donovans Vermögen ausgeben können, doch, würde der König hier residieren, müsste sie weichen.

,*Der Mörder könnte sich durch die Ankunft des Königs in die Enge gedrängt fühlen und Dummheiten machen*', ging ihr Alex' Befürchtung durch den Kopf. Erschrocken blickte Rose über ihre Schulter. Als strecke das Unwetter seine Hand nach ihnen aus, entlud sich ein Blitz genau über dem Castle. Irgendwo in diesen Mauern wollte Alex sich von Anna – einer Frau, die schon einmal gemordet hatte – in die Katakomben führen lassen. Sie musste ihn warnen!

Kapitel 16

ie Halle war leer, als Rose durch die Tür stürmte. Weder Alex noch seine Geliebte oder Miss Parker waren zu sehen. Ein ungutes Gefühl beschlich sie.

„Alex!", rief sie. „Lord Hatfield? Wo seid Ihr?"

Der Wind heulte durch die Ritzen und ließ die Kerzen in den Lüstern flackern, als Rose weiter in Richtung Küche rannte.

„Rose? Mädchen, was soll das Geschrei?", verlangte Griffin zu erfahren. Rose hatte ihn nicht gesehen, doch nun stand er direkt hinter ihr. Er schwitzte, obwohl er nicht einmal die Weste seiner Livree trug, und war anscheinend immer noch dabei, das Gepäck der Gäste zu verteilen, denn er trug eine große Tasche bei sich, die von der Reise noch ganz staubig war.

„Oh Gott, Griffin! Wie gut, dass du da bist! Ich brauche deine Hilfe – Lord Hatfield ist in großer Gefahr. Weißt du, wo er ist?"

„Wovon sprichst du nur?", wollte der Haushofmeister wissen. „Du wirst doch nur wegen deiner kleinen Affäre mit ihm keinen Ärger machen?"

„Es ist keine kleine Affäre, Griffin! Ich liebe ihn und muss ihm augenblicklich sagen, was ich herausgefunden habe."

Griffin atmete tief durch und fasste Rose am Oberarm.

„Das hatte ich befürchtet!", sagte er und zog sie hinter

sich her.

„Griffin, lass mich! Was meinst du?"

„Ich hatte befürchtet, dass du dumm genug bist, dich in *den Bluthund* zu verlieben, Mädchen", schimpfte er und ging weiter in Richtung Küche.

„Das tut jetzt alles nichts zur Sache! Sag mir, wo er ist. Ich habe etwas herausgefunden, und es ist wichtig, dass er es erfährt!", verlangte Rose und folgte ihm.

Erschrocken drehte er sich um. Er musterte Rose.

„Ich weiß, wo Lord Hatfield ist. Er hat den zweiten Geheimgang gefunden und ist zusammen mit den Parkers vor einer Weile hineingegangen. Komm mit, ich bringe dich zu ihm."

„Oh Gott, Griffin! Ich danke dir! Sollten wir nicht die Wachen des Königs um Hilfe bitten?", überlegte Rose, während sie hinter dem Diener hereilte. Sie stiegen die dunkle Treppe hinter der Küche hinauf in den verlassenen Flügel des Castles.

„Dafür ist keine Zeit. Aber keine Sorge, Mädchen, wir werden die Sache ein für alle Mal regeln."

Er zog eine Pistole aus seinem Stiefel und bedeutet Rose die Tür zu einem der Zimmer zu öffnen.

„Hier entlang!"

Unsicher trat Rose ein. Was sollte sie hier? Wieso führte Griffin sie in diesen Raum? Sie mussten doch in Annas Zimmer, um in den Geheimgang zu gelangen. Die Vorhänge waren zugezogen, dennoch war unschwer zu erkennen, wie prunkvoll der Raum eingerichtet war. Ein großes Himmelbett war das Herz dieses Gemachs. Ein mit Blattgold veredelter Schminktisch mit einem großen Spiegel, weiche Polstersessel und goldene Lüster zeugten von Reichtum. Reichtum, den Donovan einer Frau zugestanden hatte, denn die vielen Kissen und

Spitzendeckchen waren eindeutig Zeichen weiblichen Einflusses. Der Raum wirkte so, als sei er seit Langem unbewohnt, dennoch hing eine dunkle Weste über der Lehne eines Stuhles. Griffin stellte die Tasche ab und kippte eine Büste aus Elfenbein, die auf dem Kaminsims stand. Schon verschwand der Kamin in der Mauer und öffnete den Weg in drückende Schwärze.

„Geh, wir müssen uns beeilen", drängte Griffin und schob Rose in den Durchgang. Ihre Schuhe versanken im Sand, und sie musste sich bücken, um sich nicht den Kopf zu stoßen. Griffin war dicht hinter ihr.

„Wir brauchen Licht, ich sehe nichts!", flüsterte Rose und tastete sich an den Wänden weiter. Je weiter sie dem abfallenden Weg folgte, umso drängender wurde das Gefühl, einen verhängnisvollen Fehler gemacht zu haben.

Die Blitze draußen schienen wie ein Abbild der spannungsgeladenen Atmosphäre, in der sich Alex befand.

Seine Nerven waren zum Zerreißen gespannt.

„Spart Euch die Tränen, Miss Parker!", befahl er und riss das letzte der Bücher aus dem Regal. Annas Gemach glich einem Schlachtfeld. Kein Wandbehang, kein Möbelstück oder Leuchter befand sich mehr an Ort und Stelle. Alex' Suche nach dem Geheimgang war gründlich gewesen, aber erfolglos geblieben.

„Wenn Ihr wisst, wo der Eingang ist, dann sagt es jetzt", forderte Alex. „Oder habt Ihr etwas mit der ganzen Sache zu tun?"

Anna vergrub ihr Gesicht schluchzend an der Schulter ihres Bruders, der, weiß wie die Wand, ebenfalls dem Zorn *des Bluthundes* ausgesetzt war.

„Wir wissen nicht, wovon Ihr sprecht!", behauptete er.

„Er muss hier sein! Donovan hat gesagt, die Träume seiner Liebsten würden über den Geheimgang wachen – er hatte keinen Grund, Carter anzulügen."

Anna sank weinend zu Boden, und Alex wusste, nun würde endlich die Wahrheit ans Licht kommen.

„Wir müssen es ihm sagen, Thomas", heulte sie. „Es ist vorbei – es wird so oder so herauskommen." Sie hielt sich zitternd ihr Riechsalz unter die Nase und wagte es nicht, Alex anzusehen.

Dieser hatte das Interesse an ihrer bemitleidenswerten Kreatur verloren und packte stattdessen den Verwalter am Kragen.

„Raus mit der Sprache, oder du wirst den Zorn *des Bluthundes* zu spüren bekommen", drohte Alex.

„Dies ist das falsche Gemach", gestand Thomas. „Wir wussten nur von dem Geheimgang beim Arbeitszimmer, aber wenn es einen weiteren Eingang gibt – und Ihr sagt, Donovans Liebe würde darüber wachen –, dann ist dies das falsche Gemach!"

„Was soll das heißen?", fragte Alex ungeduldig.

„Donovan wollte die Verlobung lösen, als er aus Afrika zurückkam. Er sagte, es täte ihm leid, aber er hätte die wahre Liebe gefunden." Thomas verzog verächtlich das Gesicht. „Wir seien ihm aber immer willkommene Gäste und seine Zuneigung zu Anna auch immer ehrlicher Natur gewesen. Er bot ihr daher an, sich aus den Schätzen in den Katakomben etwas Kostbares auszuwählen, um zu zeigen, wie sehr es ihm leidtat."

Thomas sah traurig auf seine Schwester hinab, aber Alex drängte ihn fortzufahren.

„Ich riet meiner Schwester, seinen Vorschlag

anzunehmen und uns im Guten zu trennen, also begleitete er uns durch das Arbeitszimmer hinab in seine Lagerräume, aber kaum waren wir unten, regte sich Anna auf. Sie warf ihm vor, sie nun wie eine Hure bezahlen zu wollen, und ein Wort führte zum anderen. Sie war aufgebracht und wollte weg. Anna stieß ihn heftig beiseite. Donovan krachte gegen diese feuchte Wand, und alles stürzte ein. Die halbe Decke kam herunter und begrub ihn. Es war ein Unfall – wir wollten seinen Tod nicht, aber es war zu spät. Als wir nach oben kamen, hatten die Zimmermädchen bereits auf sein Geheiß hin Annas Sachen hierher bringen lassen. Wir wollten fliehen, aber das hätte uns verdächtig gemacht. So behaupteten wir, Donovan sei verschwunden. Aber Annas Schuldgefühle waren so groß, dass sie seinen Wunsch respektierte und nicht wieder in das Gemach zurückkehrte, welches der Frau des Hausherrn zustehen sollte."

Alex war fassungslos. Noch nie hatte er so versagt, als es darum ging, einen Auftrag zu erfüllen. Er hatte geglaubt, die Lösung des Rätsels läge seit Tagen in seinen Händen, aber er hatte sich bei allem geirrt. Zum Glück war niemand zu Schaden gekommen.

„Der Spuk? Sollte er den König abhalten, Donovans Leiche zu finden?", wollte er nun nur noch wissen, aber Thomas zuckte mit den Schultern, und Anna schüttelte es vor offensichtlichem Grauen.

„Zuerst dachten wir, es sei Donovans Geist!", rief sie. „Er wolle uns in den Wahnsinn treiben und sich dadurch rächen, aber es ist viel schlimmer!"

„Es ist nicht mehr weit", versuchte Griffin, Rose zu

beschwichtigen, aber dieser Satz bestätigte ihre schlimmsten Befürchtungen. Ihr Herz hämmerte in ihrer Brust, das Adrenalin rauschte durch ihren Körper, und ihr Kopf suchte verzweifelt nach einem Ausweg. Noch hatte sie eine Chance. Griffin ahnte nicht, dass er sich verraten hatte.

Rose rumpelte an die Wand und blieb stöhnend stehen.

„Au!", fluchte sie und versuchte damit, Zeit zu gewinnen. Sie musste herausfinden, was hier los war. Klar war nur, Griffin kannte diesen Gang genau, wenn er sagte, dass es nicht mehr weit sei. Und das bedeutete, dass er dieses Wissen bewusst vor Alex geheim gehalten hatte. Aber warum? Was hatte er zu verbergen? Einzelne Bilder tauchten auf, verbanden sich zu einem großen. Griffin, ohne seine Weste. Er trug die Tasche, sie war schwer, denn er schwitzte – hinaus, nicht hinein! Sie war staubig – nein sandig, verbesserte sich Rose mit einem Blick auf den sandigen Boden unter ihren Füßen. Er kannte den Raum – es war seine Weste, die über dem Stuhl hing – er kannte den Mechanismus – und offensichtlich auch den Weg. Und … er hatte eine Waffe.

„Geh weiter, wir haben keine Zeit zu verlieren!", drängte der Diener und schob Rose weiter. Seine Hand lag unnachgiebig auf ihrer Schulter.

„Vielleicht ist es keine so gute Idee, wenn ich dich begleite, Griffin. Ich stehe dir sicher nur im Weg. Ich sollte lieber zurück …", versuchte Rose, einen Ausweg zu finden.

„Gerade war es dir doch noch so wichtig, zu Lord Hatfield zu gelangen – ihn zu retten. Warum dieser Sinneswandel?"

„Vergiss nicht, welchen Beinamen Lord Hatfield trägt. *Der Bluthund* hat schon ganz andere Feinde besiegt, da braucht er doch meine Hilfe nicht", versuchte Rose, Griffin zu überzeugen, ohne ihn wissen zu lassen, dass sie ihn durchschaut hatte.

Der Druck seiner Finger verstärkte sich.

„Vielleicht ahnt er ja noch nichts von der Gefahr, die ihm droht?", gab Griffin zu bedenken, und Rose schauderte aufgrund seines bedrohlichen Untertons.

Der Weg wurde breiter und endete vor einem rostigen Gitter. Wie Zellen waren mehrere Lagerräume nebeneinander angeordnet. Alle mit einem unterirdischen Zugang zum Wasser. Hier drang blasses, bläuliches Licht herein und warf lange Schatten an die Wände. An der dem Wasser abgewandten Seite türmten sich Kisten und Fässer, und von der Felsendecke hingen Windspiele und Holzstöcke, die mit jeder heranschwappenden Welle ein unheimliches Geräusch verursachten.

„Hier ist niemand", stellte Rose das Offensichtliche fest. Von Alex war nichts zu sehen, und ihre schlimmsten Befürchtungen wurden zu Gewissheit, als sich der Lauf der Pistole in ihren Rücken bohrte.

„Griffin? Seid Ihr sicher?", hakte Alex ungläubig nach, aber Thomas klang überzeugt, und Anna nickte eifrig.

„Erst gestern Nacht bin ich ihm gefolgt. Er verließ sein Zimmer und verschwand im anderen Flügel. Ich schlich ihm in einigem Abstand nach, aber er war wie vom Erdboden verschwunden. Ich vermutete, er hätte einen anderen Weg hinab zu Enricos Schätzen gefunden, und beeilte mich, ins Arbeitszimmer zu gelangen. Ich dachte, wenn ich durch die Gitter im Geheimgang in die verschütteten Gewölbe spähen würde, könnte ich vielleicht erkennen, was sich dort verbirgt, falls Griffin von der anderen Seite aus Licht machen würde."

„Und dann?"

Anna biss die Zähne zusammen.

„Dann ging alles schief. Ich öffnete das Bücherregal, und ein markerschütterndes Geheul schallte durch die Katakomben bis herauf ins Haus. Ich habe mich so erschrocken, dass ich mir den Kerzenhalter griff und floh. Ich verbarg mich im Dunkeln, als diese unfähige Magd vorbeikam. Sie hat mich zu Tode erschreckt, und ich ging auf sie los. Das war dumm, denn wir machten Griffin auf uns aufmerksam. Seine Schuhe waren sandig, aber er kam nicht aus dem Arbeitszimmer."

Thomas nickte und hob die Hand, als sei ihm noch etwas eingefallen.

„Ich habe Erkundigungen eingezogen. Griffin hat ein Dutzend Hühner gekauft – ohne unser Wissen – an dem Tag, als Ihr hier angekommen seid."

Alex raufte sich die Haare. Wie unbedacht er gewesen war! Er selbst hatte Griffin über jeden seiner Ermittlungsschritte informiert – ihm direkt in die Hände gespielt, wenn dies alles stimmte.

„Warum zum Teufel erfahre ich das erst jetzt?", brüllte er, und die beiden zuckten unter der Wut seiner Worte zusammen.

„Wir wussten doch nicht, was er vorhat – und fürchteten, dass alles herauskäme."

„Wir müssen ihn finden! Zeigt mir Euer altes Gemach, schnell!"

„Hier hinein", dirigierte Griffin Rose in eine der Zellen.

„Es tut mir leid, aber ich kann nicht zulassen, dass du mich so kurz vor dem Ziel aufhältst."

Aus dem Blick des Haushofmeisters sprach eiskalte Gier. Wie eine Maske, die abgenommen wurde, verschwand der freundliche Ausdruck von dessen Gesicht und entblößte etwas Grausames, Verschlagenes.

„Welches Ziel, Griffin? Ich verstehe das alles nicht."

Griffin lachte kalt und bedeutete Rose, sich umzusehen. Goldene Skulpturen, so groß wie sie selbst, kostbare Vasen und Ballen ehemals wertvoller Stoffe, die inzwischen unter der Feuchtigkeit gelitten hatten.

„Sieh dich doch um, du dummes Ding! Ich habe mein Leben lang für die besseren Herren gebuckelt – und wofür? Für die abgetragene Livree hier? Das Haus erstrahlt in Prunk und Protz und nun kommt zu guter Letzt auch noch der König und beansprucht dies alles für sich! Donovan hat hier unvergleichliche Schätze gehortet. Warum sollten sie in die ohnehin gefüllten Taschen des Königs wandern, oder hier unten, wie er selbst, verrotten?"

Rose spürte, wie ihr das Blut aus den Wangen wich, aber sie würde eher sterben, als ihm ihre Angst zu zeigen.

„Du hast Donovan getötet?", fragte sie und suchte dabei mit den Augen die Umgebung unauffällig nach einer Waffe ab.

„Nein. Ich fand ihn nur – oder vielmehr das, was von ihm übrig ist."

Er deutete ohne jedes Bedauern in der Stimme auf die eingestürzten Felsen und die aus den Steinen ragenden Knochen. Donovans Knochen. Rose schauderte. Es fühlte sich an, als sei dieser ganze Raum nichts anderes als ein feuchtes Grab.

„Wir sollten bei diesem Sturm nicht hier unten sein, sonst enden wir wie er", bemerkte Griffin fast beiläufig und zeigte auf die schmale Öffnung, die unter der Wasseroberfläche hinaus in den Meeresarm führte. „Früher war der Zugang zum Meer groß genug, um mit den Beibooten die Waren hier zu entladen, aber schon vor einigen Jahren stürzte bei einem Sturm die Decke ein. Darum ließ Donovan den zweiten Gang ausheben. Da dieser nun ebenfalls verschüttet ist, ist es unmöglich geworden, etwas auf einem anderen Weg als durch das Castle von hier fortzuschaffen."

Rose versuchte, etwas Distanz zwischen sich und die Waffe zu bringen. Sie wusste von ihren Brüdern, dass schon auf zehn Schritte die Zielgenauigkeit solcher Pistolen zu wünschen übrig ließ. Obwohl Rose nun ein klareres Bild von zwei stattlichen Männern vor sich hatte, drängte sie diesmal diese wichtige Erinnerung zurück. Sie brauchte jetzt all ihre Sinne, um zu überleben.

Griffin trat einen Schritt zurück und betätigte einen aus dem Fels herausragenden Hebel, woraufhin das schwere Gitter zu Boden krachte und Rose den Rückweg zum Castle versperrte. Sichtlich entspannt steckte Griffin die Waffe in seinen Hosenbund.

„Du entschuldigst, aber ich muss gehen. Bei Sturm steigt das Wasser gefährlich an, und die herandonnernden Wellen könnten alles zum Einsturz bringen."

Als hätten seine Worte es heraufbeschworen, stürzten in der Zelle nebenan Felsen herab, und das Wasser strömte immer schneller durch die entstandene Öffnung. Die Vasen brachen unter der Kraft des Wassers, und Rose drängte sich an das Fallgitter.

„Griffin!", rief sie. Er konnte sie doch nicht hier zurücklassen! Aber er ging unbeirrt weiter. Sie rüttelte an den Stäben, aber es war zwecklos. Immer mehr Felsen brachen herunter, und die Windspiele schlugen hart gegeneinander. Teuflisches Geheul verhinderte jeden klaren Gedanken. Sie saß in der Falle! Alex wusste nicht, wo sie war – und selbst wenn er den Geheimgang fände, wäre nicht gesagt, dass er es noch rechtzeitig schaffen würde.

„Alex!", brüllte sie aus Leibeskräften. Immer wieder rief sie um Hilfe, aber das Getöse der Wassermassen, die auf Donovans Schätze herabstürzten und Steine und Geröll mit sich rissen, übertönte jedes Wort.

Sie musste hier raus – und es gab nur eine Möglichkeit.

Sie musste durch die kleine Felsöffnung hinaus ins Meer tauchen. Da sie schwaches Tageslicht am Ende der Öffnung erblickte, konnte es nicht zu weit sein. Aber das Wasser war eisig und die herabfallenden Brocken könnten sie treffen und erschlagen, ganz abgesehen davon, dass es nicht ratsam war, während eines Gewitters baden zu gehen. Aber was blieb ihr anderes übrig, wenn sie überleben wollte?

Ein letzter Blick in den dunklen Gang hinauf zum Castle stärkte ihren Entschluss, denn auch dort rieselten bereits Steinchen von der Decke.

Einen tiefen Atemzug nehmend, stieg Rose in die Fluten.

Alex rannte durch die langen Gänge. Der Sturm schlug den Regen hart gegen die Fenster, und die Welt versank in Dunkelheit. Einzig die Blitze schafften es für kurze Zeit, alles in ihrem gleißenden Licht zu erhellen. Die Hitze der letzten Tage, die Anspannung und die Gefahr – alles schien sich zu diesem Moment hin gesteigert zu haben. Nun brach der Damm und riss sie alle ins Verderben.

Akilah kam ihm entgegen, machte ihm aber schnell den

Weg frei.

„Griffin? Hast du ihn gesehen?", verlangte er zu wissen und packte ihren Arm. Irgendjemand musste ihn doch gesehen haben. Akilah erstarrte. Mit riesigen Augen sah sie ihn an, als sei er ein Dämon aus der Hölle.

„Ja, Mylord. Es ist schon etwas her, aber ich sah, wie er mit Rose in der Küche verschwand. Als ich selbst dorthin ging, war niemand mehr da. Sie müssen die Treppe hinauf in den Ostflügel genommen haben. Soll ich ihn suchen, Mylord?"

„Rose? Sie war bei ihm?" Alex schüttelte die Dienerin, als ihn blankes Entsetzen packte.

„Ja, Mylord. Sie war sehr aufgebracht – murmelte etwas davon, dass sie ein Rätsel gelöst hätte."

Die letzten Worte hörte Alex nur noch aus der Ferne, denn er rannte bereits in Richtung Ostflügel.

Noch nie hatte er Angst verspürt – dieses Gefühl traf ihn wie ein Schlag. Sein Herz zersprang beinahe, so pumpte es das Blut durch seinen Körper. Seine Muskeln brannten, so trieb er sich selbst an seine Grenzen.

Als das Castle erbebte und gewaltiges Grollen die Luft sättigte, wäre Alex beinahe gestürzt. Wie nach einer Explosion schlug ihm eine Wolke aus Sand aus einem der Räume entgegen und wies ihm den Weg. Er kniff die Augen zusammen, als ihm etwas Schweres in die Rippen schlug. Überrascht entwich ihm der Atem, und er sah in Griffins zufriedenes Gesicht.

„Keinen Schritt weiter!", rief dieser und hob die Waffe.

Kurz zögerte Alex, doch dann warf er sich auf seinen Gegner. Der Schuss ging im Donnerschlag des Unwetters unter, riss aber eine blutige Wunde.

Griffin lachte.

„Ich wusste, dass ich *den Hund* würde bluten lassen!"

Dann fasste er sich an die Brust und schüttelte den Kopf.

„Du Narr!", rief Alex. „Das ist dein Blut – und nun sag mir, wo Rose ist, ehe du zur Hölle fährst."

Griffins Atem rasselte, aber er grinste.

„Du kannst sie nicht retten – es stürzt gleich alles ein!"

Ihre Zähne schlugen hart gegeneinander, so sehr hatte der kurze Moment im Wasser sie ausgekühlt. Es war nicht so sehr die Kälte dieses unterirdischen Gewässers, die sie so erschöpfte, sondern die Anstrengung, gegen die Strömung anzuschwimmen. Sie konnte kaum atmen, denn ihre Muskeln schienen ihr nicht länger zu gehorchen. Immer wieder schluckte sie Wasser. Sie musste die Öffnung im von Felsen verschütteten Eingang erreichen, aber die Kraft der Strömung trieb sie immer wieder zurück. Direkt neben ihr prasselten Steine herab, und Rose tauchte unter, um ihnen zu entgehen. Endlich hatte sie die Felsen erreicht und klammerte sich kraftlos daran fest. Jetzt musste sie nur noch durch die Öffnung tauchen, hinausschwimmen und dort irgendwie das rettende Ufer erreichen.

Rose sammelte all ihre Kräfte und holte tief Atem. Sie verfluchte ihre Impulsivität, die sie wieder einmal in furchtbare Schwierigkeiten gebracht hatte, aber vielleicht war es nicht ihre Schuld – vielleicht war genau dies ihr Schicksal. Um Alex zu retten – ihre Liebe – hatte sie alles riskiert.

Steine fielen herab und rissen Rose ins Wasser. Ihr Kopf schien zu bersten, der Schmerz flutete ihr Gehirn. Und salziges Wasser strömte in ihre Lungen.

‚Die Windham-Frauen liebten so sehr, dass sie daran zugrunde

„Du kannst sie nicht retten – es stürzt gleich alles ein!", keuchte Griffin und lachte. Blut quoll aus seinem Mund, und seine Pupillen weiteten sich, aber Alex war schon nicht mehr an seiner Seite.

Aus dem Geheimgang erklang unheimliches Heulen, und der feine Staub brannte in den Augen. Es war stockdunkel dort, und immer wieder blockierten Felsen sein Vorankommen.

„Rose!", rief er und drängte weiter, immer tiefer hinab in den Schlund, der zu seiner eigenen, ganz persönlichen Hölle zu werden drohte. Schon als er das Gitter erreichte, erkannte er, dass er zu spät kam. Roses reglose Gestalt trieb, für ihn wegen der Gitter unerreichbar, im aufgewühlten Wasser, während rings um sie immer mehr Gestein herabregnete.

„Rose!" Sein Schrei war pure Verzweiflung, und er warf sich wieder und wieder gegen das Fallgitter.

„Hatfield!", rief Thomas Parker, der sich schützend die Arme über den Kopf hielt. „Seid Ihr lebensmüde? Kommt heraus!"

„Nicht ohne Rose!"

Parker fluchte, ehe er sich gemeinsam mit Alex gegen die Eisenstäbe warf. Der marode Fels brach unter der Wucht der Männer, und nach einigen weiteren Anläufen war der Weg frei. Alex stürzte sich in das schlammige Wasser und kämpfte sich zu Rose vor. Erst als er ihren eisigen Leib an sich riss, bemerkte er das Blut, welches das Wasser um sie herum rot färbte.

Kapitel 17

Der König hatte den Platz am Kopf der langen Tafel in der Halle eingenommen und seinen Hofstaat um sich versammelt.

„Nein, Majestät. Verzeiht, aber ich kann nicht." Alex rührte den Whisky vor sich nicht an, obwohl er dringend etwas brauchte, was ihm Vergessen bereiten würde.

Der König sah ungläubig auf seinen besten Mann hinab.

„Hatfield, was redet Ihr da? Dies ist keine Bitte", erinnerte ihn der Monarch, aber Alex schüttelte entschieden den Kopf. Bedauernd stellte er sich dem versteinerten Blick von Dorian Weston, dem die Verzweiflung, ähnlich wie ihm selbst, jeden Lebenswillen raubte.

„Verzeiht, aber sicher habt Ihr einen anderen Krieger, der Euch diesen Dienst erweist. Auf mich müsst Ihr verzichten. Ich habe versagt, Mylord – nie wieder werde ich meinem eigenen Urteil trauen, nie wieder so einen Fehler machen."

„Redet keinen Unsinn, Hatfield. Ihr habt aufgeklärt, was sich hier zugetragen hat – genau, wie ich es Euch befohlen habe. Von Versagen kann keine Rede sein!"

Alex lachte freudlos.

„Wir könnten alle tot sein! Ihr könntet tot sein, Majestät – der ganze Ostflügel ist eingestürzt, Donovan Castle eine Ruine – weil ich falsch lag!"

„Es scheint mir, Donovans waghalsige Unterhöhlung der Anlage hat zu diesem Einsturz geführt, nicht Ihr. Und nun will ich davon nichts mehr hören. Ihr werdet meinen neuen Auftrag annehmen, denn ich werde Euch mit einer wohlgeborenen Ehefrau dafür belohnen", befahl König George ungerührt.

Alex starrte auf die Tischplatte. Widersprüchlichste Gefühle beherrschten sein Handeln. Noch nie hatte er einen Befehl des Königs verweigert. Sein Blick wanderte zur Tür der Halle, wo Akilah gerade eintrat. Ihr Blick suchte ihn – und, als sie ihn fand, nickte sie.

Alex schob erleichtert seinen Stuhl zurück und erhob sich. Er sah seinem König direkt in die Augen.

„Eure Majestät – Ihr wisst, ich bin Euch treu ergeben – Euren Wünschen zu dienen, war mir immer eine große Ehre. Aber dieses Mal ... dieses eine Mal diene ich nur meinem Herzen. Habt Dank für Euer großzügiges Angebot, aber es gibt bereits eine Frau, der meine Liebe gehört."

Damit verließ er die Tafel und eilte zur Tür.

„Du liebe Güte – Hatfield!", rief der König hinter ihm her. „Ihr werdet doch nicht denken, dass ich einer Ehe mit Lady Livingston zustimme? Sie ist nun wirklich nicht standesgemäß für meinen besten Mann!"

Alex lachte.

„Nein, Majestät. Die Liaison mit Blythe Livingston habe ich beendet. Sie wird sich sicher tränenreich bei Euch über meine Gefühllosigkeit beschweren, sobald Ihr zurück bei Hofe seid. Sie ist bereits abgereist. Stattdessen gedenke ich, eine Magd zu heiraten."

„Habt Ihr den Verstand verloren? Ihr werdet Euch unverzüglich aufmachen, Lord Westons Tochter zu finden, wie ich es Euch befehle!", rief der König und bedeutete Dorian, sich ebenfalls zu erheben. Gemeinsam eilten sie hinter Alex her.

Rose schlug die Augen auf. Gedämpftes Licht drang durch die Bettvorhänge. Sie fasste sich an den Kopf und stöhnte.

Was war passiert? Sie war vom Pferd gefallen, erinnerte sie sich. Hatten ihre Brüder sie gefunden? Irgendetwas stimmte da nicht. Sie sah Augen vor sich – Bernstein –, und ein Lachen, welches ihren Herzschlag beschleunigte, trieb durch ihr Bewusstsein. Alex.

Sie flüsterte den Namen wie ein Gebet, und eine Träne rann über ihre Wange.

Die Bettvorhänge wurden beiseite gezogen, und da war er.

„Rose, Liebes! Du …"

Er wagte es nicht, sie zu berühren, seine Stimme brach, denn er hatte gedacht, sie verloren zu haben. Sie lebte, und sie war sein! Nie wieder würde er sie aus den Augen lassen – das hatte er von Donovan gelernt. *Halte das Glück, wenn du es findest.* Vorsichtig strich er ihr über die Stirn und versuchte zu ergründen, was sie dachte.

„Mein Kopf schmerzt", stöhnte Rose, lächelte aber dabei.

„Zum Glück hast du einen Dickschädel", scherzte Alex, der vergeblich versuchte, den Kloß in seinem Hals hinunterzuschlucken.

„Etwas hat mich am Kopf getroffen, und … plötzlich erinnere ich mich an alles. Ich weiß nun wieder, wer ich bin."

Ein Tumult brach los, als nun auch der König mit Lord Weston im Schlepptau das Gemach stürmte.

„Wie könnt Ihr es wagen davonzulaufen, während ich

mit Euch spreche, Hatfield?", donnerte der König, wurde aber von Dorians überraschtem Ruf übertönt.

„Rose!", rief er. „Rose? Bist du es wirklich, Kind?"

Sichtbar verwirrt, aber erleichtert eilte er zu Rose ans Bett, drängte Alex beiseite und riss seine Tochter in seine Arme.

„Rose, mein Herz, wie … was tust du hier?"

Tränen der Erleichterung rannen ihm übers Gesicht, und glückliches Weinen schüttelte seine Schultern.

„Vater … du erdrückst mich", stöhnte Rose, schmiegte sich aber an seine Brust.

Vollkommen perplex stand Alex neben dem nicht minder irritierten Monarchen.

„Was ist hier los? Hatfield, was hat Westons Tochter hier zu suchen? Erklärt mir dies."

„Ich wünschte, das könnte ich, Majestät. Vielleicht kann Rose die Sache aufklären?"

Die war noch immer in inniger Umarmung mit ihrem Vater versunken, als der König sich vernehmlich räusperte.

„Weston – wie es scheint, hat *der Bluthund* seinen Auftrag erfüllt, ehe er ihn offiziell antrat – das nenne ich wahre Zuverlässigkeit!"

Dorian sah auf seine Tochter hinab, und seine Erleichterung wich dem Ärger, den er über ihr Verschwinden verspürt hatte.

„Wie kommst du hierher, Rose? Wie konntest du mir so einen Schreck einjagen?"

„Vater, ich …" Rose blickte zwischen den neugierigen Augen der Männer hin und her. „… ich bin von Deans Pferd gestürzt und konnte mich an nichts mehr erinnern. Alex … äh, Lord Hatfield hat mich gerettet." Sie lächelte Alex an, und ihr Vater kniete sich daraufhin zu Alex' Füßen.

„Wie kann ich Euch danken? Ich stehe tief in Eurer Schuld!"

Alex wünschte, der Boden möge sich auftun und ihn verschlucken. Er hatte die reiche Erbin eines Earls wie eine einfache Magd behandelt – ganz abgesehen davon, dass er sie entehrt hatte!

„Wirklich, Ihr habt keinen Grund, mir zu danken", versuchte er, Lord Weston zu versichern.

Der König verschränkte zufrieden die Hände vor seiner Brust.

„Was für eine glückliche Fügung! Ein besseres Ende dieser Geschichte könnte es kaum geben. Weston, mein lieber Freund, Eure Tochter ist gerettet. Lord Hatfield hat bewiesen, dass er für ihre Sicherheit sorgen kann, und es gäbe keinen besseren Mann für ein Mädchen mit ihrem Temperament", erklärte er sehr zufrieden. Er wandte sich an Alex. „Und Ihr hört mit dem Unsinn auf. Ich verbiete diese absurde Idee, dass Ihr Euch eine Magd zur Frau nehmt."

Dorian wollte Einspruch erheben. Er musste zwar zugeben, dass Rose dringend Führung brauchte, aber er liebte sie zu sehr, als sie ungefragt an einen Mann zu verheiraten, den alle Welt *den Bluthund* nannte. Ehe er jedoch etwas sagen konnte, hielt Rose ihn zurück.

„Hilf mir auf, Vater", verlangte sie und stemmte sich trotz ihrer Schmerzen aus den Kissen. Sie nickte dem König nur kurz zum Gruß zu, wobei sie damit sämtliche Regeln der höfischen Etikette beleidigte, und wandte sich an Alex. Sie fasste Halt suchend nach seiner Hand und fühlte sich sogleich sicher, als er sie berührte.

Es gab nur sie und ihn. Nichts anderes hatte Bedeutung.

„Mylord, stimmt es, dass Ihr eine einfache Magd heiraten wolltet?", fragte sie, und ihre Stimme zitterte.

Alex lächelte. Sein Daumen liebkoste ihren Handrücken, und sein bernsteinfarbener Blick versprach – wie vom ersten Moment an – grenzenlose Sicherheit.

„Nein, Mylady. Ihr irrt. Ich hatte das Glück, eine Frau zu finden, die mir ebenbürtig ist. Ihr allein gehört mein Herz."

„Sie muss sehr glücklich sein", hauchte Rose, und das Kribbeln in ihrem Magen wurde immer stärker.

Alex neigte leicht den Kopf, so, als sei er unsicher, aber er lächelte.

„Sie war in letzter Zeit nicht ganz sie selbst – es ist möglich, dass sie mich zurückweist. Sie ist so schön, dass sie aus allen Männern wählen könnte."

Rose lächelte. Sie benetzte ihre Lippen und zwinkerte.

„Mir scheint, die Menschen tun für gewöhnlich, was Ihr von ihnen verlangt", flüsterte sie, und, als gäbe es weder den König noch ihren Vater, umschlang Alex seine Rose und presste sie an sich, sodass ihre Füße nicht mehr den Boden berührten.

„Wenn das so ist, Rose – dann heirate mich", verlangte er, und sein Kuss war ein Versprechen auf niemals enden wollendes Glück.

Kapitel 18

London, zwei Monate später

Logan Torrington hatte von seinem Platz am Fenster den besten Blick. Wohlwollend stellte er fest, wie die Gäste ihre Weingläser an die Lippen hoben und dann bewundernd nickten. Sie ahnten nicht, dass der edle Tropfen aus seinem Weinberg in Ancenice stammte. Viele Mitglieder der gehobenen Gesellschaft würden sich doch sehr über seine Leidenschaft für Weinbau wundern. Wenn es auch nicht an ihm lag, das Erbe der Torringtons weiterzugeben, so wollte er doch etwas Einzigartiges schaffen. Vielleicht, so überlegte er, würde er England ja irgendwann ganz den Rücken kehren. Alles hier erinnerte ihn nur immer wieder aufs Neue daran, wie dumm und naiv er einst gewesen war, als er Roxana sein Herz zu Füßen gelegt hatte. Doch er hatte dazugelernt. Nie wieder würde er sich von Gefühlen leiten lassen, nie wieder einer Frau vertrauen.

Sein Blick wanderte hinüber zu seinem Freund Devlin, der an der Seite seiner Frau Danielle stand und ihr glücklich den Arm um die Taille gelegt hatte. Gerade zog er ihr heimlich eine Haarnadel aus der Frisur, und sie lachte, während sie sich verstohlen umsah, ob sie beobachtet wurden.

Logan schüttelte den Kopf. Liebe machte gute Männer zu Narren! Selbst Dean, dessen Ruf dem seinen in nichts nachstand, hing liebestrunken an den Lippen seiner Angetrauten. Amelies goldenes Haar funkelte im weichen

Licht der Kerzen, und sie lachte über etwas, das Dean zu ihr gesagt hatte.

Liebe! Logan leerte sein Glas. Sie alle waren hier, um ein Fest der Liebe zu feiern – eine Liebe, an die er, Logan keinen Glauben mehr hatte.

Noch ehe er weiter in trübselige Gedanken versank, verstummten die Musiker, und alle Augen richteten sich auf die marmorne Treppe, die hinauf zu den Privatgemächern führte. Auch Logan erhob sich aus seinem Stuhl.

Rose Weston, in einem perlweißen Traum von einem Kleid, schritt strahlend wie die aufgehende Sonne am Arm ihres Vaters die Stufen herab. Die Menschen unten traten zur Seite, gaben den Weg frei und blickten hinüber zu Alexander Hatfield. Der stand, elegant in Schwarz gekleidet, unter einem Bogen aus weißen Rosen und sah seiner Braut entgegen. Er musste überwältigt sein, vermutete Logan, denn selbst ihm entging nicht, mit welchem Blick er Rose bedachte.

Liebe! Kurz flackerte Neid auf das große Glück der beiden auf, als Logan die romantische Trauungszeremonie verfolgte. Zum Abschluss segnete der Priester das vor ihm kniende Paar, die Gäste zückten gerührt ihre Taschentücher und betupften ihre tränennassen Augen. Die Trauung war vollzogen, und Rose warf sich lachend *ihrem Bluthund* in die Arme.

Logan wandte sich ab. Unbemerkt entschwand er durch die Terrassentür in die Nacht. Das Glück seiner Freunde machte ihm schmerzhaft klar, was er verloren hatte. Länger zu bleiben, würde bedeuten, sich seinen Dämonen zu stellen.

Er nahm den Brief seines Bruders aus seiner Westentasche und zerknüllte ihn, ehe er ihn achtlos fallen ließ. Er hatte keine Wahl – seine Dämonen, sie riefen nach ihm.

König George ließ es sich nicht nehmen, dem frisch vermählten Paar seine Glückwünsche auszusprechen. Er hatte ein wohlwollendes Lächeln im Gesicht, als er sich über Roses Hand beugte, um diese zu küssen.

„Ihr seht bezaubernd aus, meine Liebe", schwärmte er. „Ich habe meinen treuesten Gefolgsmann schon mit Gold, Titel und Land belohnt, aber noch nie sah ich ihn so glücklich wie an diesem Tag."

Alexander neigte zustimmend sein Haupt. Nach einem langen Blick auf seine Braut lächelte er.

„Noch nie, Eure Majestät, hielt ich etwas so Wertvolles in meinen Händen", gestand er und genoss, wie Rose bei seinen Worten errötete.

Der König lachte.

„Hatfield, Ihr werdet doch in Eurer Verliebtheit nicht vergessen, die Bauarbeiten an Donovan Castle voranzutreiben? Ich versprach dem Vater Eurer Braut eine Treibjagd im nächsten Jahr", wechselte der König das Thema.

„Nein, Eure Hoheit. Die Arbeiten gehen gut voran. Es war sehr großzügig von Euch, uns das Anwesen zu schenken. Dort, wo einst der Ostflügel stand, haben wir einen großzügigen Park angelegt, denn wir wollten die Geister der Vergangenheit für immer begraben. Ihr werdet es im nächsten Sommer bei der großen Jagd sehen. Es freut uns, dass Ihr uns mit Eurer Anwesenheit beehren wollt", bedankte sich Alex.

„Wunderbar! Ich kann es kaum erwarten zu sehen, wie sich das alte Gemäuer in Euer neues Zuhause verwandelt", freute sich der König, als auch Devlin und Dean mit ihren Frauen dazukamen. Die Brüder umarmten ihre Schwester und deuteten auf die Tanzfläche, die sich gerade leerte.

„Was ist da los? Warum tanzt keiner mehr?", fragte Rose.

„Unser Hochzeitsgeschenk für dich", lachte Dean und zwinkerte ihr zu.

Zu einer zarten Melodie trat Lorenzo Moretti auf die Bühne. Er trug eine schillernde Brokatweste über eng anliegenden Kniehosen. Er verneigte sich vor Rose und räusperte sich.

> *„Wer schenkt der lieblichen Rose sein Herz,*
> *für den bedeutet das niemals Schmerz.*
> *Und schenkt die Rose ihr Herz zurück,*
> *finden beide immerwährendes Glück."*

Lächelnd warf er eine Kusshand in ihre Richtung, ehe er weitere romantische Verse vortrug.

Rose lachte. Obwohl Alex inzwischen die ganze Geschichte gehört hatte, lächelte auch er. Schließlich hatte dies Rose erst zu ihm geführt.

„Hast du keine Angst, Lorenzo könnte dir die Frau stehlen?", fragte Danielle scherzhaft, und Rose funkelte ihre Schwägerin böse an.

„Es ist mir ein Rätsel, wie ich je denken konnte, Lorenzo sei ein passender Mann für mich", versuchte Rose, Alex' Befürchtungen zu zerstreuen.

Der zog sie in seine Arme und begutachtete den Dichter kritisch. An Danielle gewandt, fuhr er fort:

„Moretti stellt keine Gefahr für mich dar. Erstens könnte ich ihn mit dem kleinen Finger zerquetschen, und zweitens galt die Kusshand meines Erachtens nicht Rose, sondern Devlin – also solltet Ihr Euch besser vorsehen, meine Liebe."

Im allgemeinen Gelächter rief der König einen der Diener herbei, der den Gästen Champagner reichte.

„Lasst uns darauf trinken, dass wir Engländer uns nicht von fragwürdigen Italienern unser Glück streitig machen lassen."

Alle hoben ihr Glas.

Rose lächelte Danielle und Amelie verschwörerisch an, und, genau wie ihre Schwägerinnen, nippte sie nur ein klein wenig an dem alkoholischen Getränk.

Der Fluch der Windhams mochte gebrochen sein, aber dafür brachen stürmische Zeiten an, denn eine neue Generation würde auch neue Abenteuer hervorbringen.

Lieber Leser,

falls Sie wissen wollen, welches Schicksal Logan Torrington geprägt hat oder welch überraschende Wendung sein Leben nimmt, dann lesen Sie auch „Gefährliche Intrigen". Der Roman schließt für Logan direkt an diese Novelle an. Sie erinnern sich an den Brief seines Bruders Aiden? Was steckt dahinter? Lesen Sie es doch einfach selbst, aber Vorsicht: Sie könnten in „Gefährliche Intrigen" verstrickt werden!

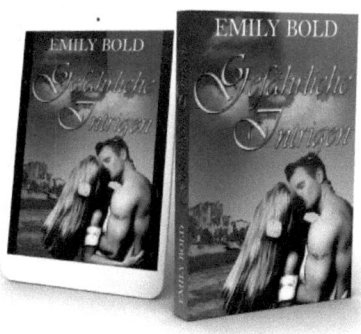

England, 1729.

Logan Torrington findet mitten im Wald die junge, verwundete Emma Pears, die auf der Reise zu ihrem Onkel hinterhältig überfallen wurde. Nach einer leidenschaftlichen Liebesnacht bringt Logan die außergewöhnliche Frau in Sicherheit.
Bald jedoch muss er entdecken, dass seine Elfe, wie er Emma fortan liebevoll nennt, nicht nur sein Herz gefangen hat, sondern immer noch in allergrößter Gefahr schwebt ...

Emily Bold wurde 1980 in Mittelfranken geboren, wo sie auch heute noch mit ihrem Mann und ihren beiden Töchtern lebt. Sie schreibt Liebesromane, Paranormal Romance und Jugendbücher und blickt mittlerweile auf vierzehn deutschsprachige sowie sechs englischsprachige Bücher und Novellen zurück, die den Lesern viele romantische Stunden, und Emily Bold eine begeisterte Leserschaft beschert haben. Roman Nr. 15 ist bereits in Arbeit.

Über das Schreiben sagt sie: „Schreiben ist für mich Entspannung, Passion und Leidenschaft. Mit meinen eigenen Worten neue Welten und Charaktere zu erschaffen ist einfach nur wundervoll."

„Ein Kuss in den Highlands" ist nach „Klang der Gezeiten" Emilys zweiter zeitgenössischer Liebesroman.

Emily freut sich über Post von ihren Lesern – schreiben Sie ihr: kontakt@emilybold.de oder besuchen Sie Emily im Web: emilybold.de und thecurse.de.

Bücher von Emily Bold

 Fan werden! facebook.com/emilybold.de